SELINA SEEMANN

AHOI!

Gedanken aus dem Nichtschwimmerbecken

Mit Zeichnungen von Mona Harry

KJM Buchverlag

KJM
NORDEN
UND ANDERE
HIMMELSRICHTUNGEN

1. Auflage, August 2020

Simrockstr. 9a, 22587 Hamburg
www.kjm-buchverlag.de
ISBN 978-3-96194-112-4

Herstellung und Gestaltung: Eberhard Delius, Berlin
Cover: Rothfos & Gabler, Hamburg
Lektorat: Andrea Wolf und Katrin Köhler, beide Hamburg
Korrektorat: Andrea Wolf (hochdeutsch), Christianne Nölting (plattdeutsch)
Printed in Europe

INHALT

VORWORT

Ich hatte immer zwei große Träume in meinem Leben: Ich wollte ein eigenes Buch schreiben und in den Weltraum reisen. Einer dieser Träume ist jetzt in Erfüllung gegangen (ich kann aber nicht verraten, welcher).

Meine Eltern haben immer gehofft, dass ich nach der Schule etwas Richtiges mache. »Werd doch Fleischereifachverkäuferin«, hat Papa oft gesagt. »Dann kannst du abends immer ein bisschen Wurst mit nach Hause bringen!« Diesen Wunsch konnte ich ihm leider nicht erfüllen, ich bin stattdessen Autorin und Vegetarierin geworden – aber das ist hoffentlich auch in Ordnung.

In diesem Buch sind unter anderem meine Gedanken zu meiner Jugend in Norddeutschland, Rhabarber und Parkplätzen für Pferde gesammelt, und ich freue mich unglaublich über die Illustrationen, die Mona Harry zu den Texten gemacht hat. Und darüber, auf Familienfeiern endlich eine Antwort zu haben, was genau ich eigentlich beruflich mache.

»Baumarkt wäre auch toll gewesen. Dann hätten wir Rabatt bekommen.«

Viel Spaß beim Lesen!

Selina

SUPERMARKT

Ich habe dreieinhalb Jahre neben dem Studium in einem Supermarkt gearbeitet, und viele Menschen ahnen gar nicht, was sie alles aus ihrem Leben an der Supermarktkasse preisgeben. Dieser Text ist allen gewidmet, die auch im Einzelhandel arbeiten. Ich kann natürlich nicht verraten, wie der Laden hieß, in dem ich gearbeitet habe. Der Text heißt: Rewe.

6:45 Uhr: Ich betrete den Laden und gehe ins Büro, um meine Kasse abzuholen. Im Eingangsbereich streift eine Rentnerin unruhig auf und ab.

6:58 Uhr: Ich sitze an der Kasse und richte meinen Arbeitsplatz ein. Im Nacken spüre ich den heißen Atem der nervösen Mittsiebzigerin, die ihrem Einkauf entgegenfiebert.

07:00 Uhr: Der Laden öffnet. Die rüstige Rentnerin Renate betätigt den Kickdown-Schalter an ihrem Rollator und rast in die Gemüseabteilung, ich verliere sie aus dem Blickfeld.

07:03 Uhr: Renate taucht am Horizont meines Kassenbandes auf. Sie schnauft. Glücklich legt sie ihre Kondensmilch, ihren kleinen Zweig Weintrauben und eine Packung Lakritzbonbons auf das Band. Sie strahlt mich an und fragt: »Ist es nicht herrlich, so früh einkaufen zu gehen? Man muss gar nicht warten!« Dass sie gerade eine Viertelstunde zwischen Schnittblumen und Streusalz im Eingangsbereich hin- und hergefahren ist, scheint sie verdrängt zu haben. Seit ihr Mann letztes Jahr gestorben ist, hat sie nicht mehr viel zu tun.

Kurz darauf: Die ersten Raucherinnen und »Bild«-Zeitung-Leser haben sich mit ihren liebsten Waren eingedeckt, Heinz ist auch schon da. Heinz kommt jeden Tag zweimal einkaufen, morgens kauft er acht Dosen 0,5 Liter Bier, abends sechs Dosen und zwei Lütte. »Man gönnt sich ja sonst nichts!«, zwinkert er mir zu, und ich glaube, er konnte heute wieder nicht duschen.

08:15 Uhr: Eine Frau schreit mich an, weil die Bärchenwurst 20 Cent teurer war, als auf dem Schild stand. Ich rufe meinen Kollegen, um den Preis überprüfen zu lassen, er ist richtig. Die Frau entschuldigt sich natürlich nicht.

Zwanzig vor neun: Mein Kollege Hannes, der erst einen Tag bei uns arbeitet, verwechselt Lichtschalter und Alarmknopf an der Kasse. Sieben Minuten später erscheinen zwei Polizisten im Laden, der ungerechtfertigte Einsatz kostet 600 Euro, Hannes ist ab morgen nicht mehr mein Kollege.

08:59 Uhr: Ein Mann legt mir einen losen Teebeutel auf das Kassenband und sagt: »Das haben Sie sich verdient!« Er lächelt freundlich.

09:04 Uhr: Meine Kollegin Jana löst mich an der Kasse ab. Es habe ein »Vorkommnis« gegeben, und die Kollegen im Leergut bräuchten meine Hilfe. Es stellt sich heraus, dass niemand anders Lust hast, das »Vorkommnis« zu beseitigen; einer der Kunden hat in eine PET-Flasche gekackt und sie in den Automaten gesteckt. Ihr wisst, was mit der Flasche passiert, oder?

09:17 Uhr: Zwei Kunden haben an der Fleischtheke angefangen, sich zu prügeln und mit Bierflaschen nacheinander zu werfen. Der Grund: Meine Kollegin hat gefragt, wer als Nächstes dran ist.

09:27 Uhr: Wiebke kommt an die Kasse. Sie bezahlt immer mit Pfandbons, heute kauft sie zweimal Hundefutter und einmal Toastbrot von ja!. Sie hat drei Cent zu wenig. Ich sage ihr, dass es so passt, und sie dankt mir überschwänglich.

Eine Gruppe Jugendlicher kommt an die Kasse. Sie wollen eine Flasche Korn-Mix kaufen. Ich frage nach dem Ausweis, der junge Mann ist 16. Als ich ihn darauf hinweise, dass er Korn erst ab 18 kaufen kann, antwortet er: »Hä, wieso, da steht doch drauf: 16 Prozent!«

Wenig später: Ein Mann auf einem Elektroscooter klaut eine Melone und eine Flasche billigen Wodka. Als der Detektiv ihn fragt, was er damit vorhatte, meint er, er wollte sich halt eine Partymelone machen.

09:34 Uhr: Eine Frau mit kaputten Händen kauft drei Flaschen Essigreiniger und zweimal Scheuermilch. An der Kasse desinfiziert sie sich die Hände, das Wechselgeld muss ich auf das Kassenband legen, damit sie meine Hand nicht berühren muss.

10:14 Uhr: Eine Frau kauft für 140 Euro ein. Ihre Karte wird abgelehnt. Sie behauptet, dass sie gleich wiederkommt, und lässt alle Sachen liegen. Die Stimmung in der Schlange steigt.

11:36 Uhr: Herr Meier kauft Kaffee, Brot und Obst, anschließend schreit er »Hitler, Napoleon, und alle sind sie an den Russen gescheitert!« und rennt aus dem Laden.

Viertel vor 12: Vorm Süßigkeitenregal kann sich Herr Peterson mal wieder nicht entscheiden. Seit drei Stunden läuft er durch den Laden und überlegt, welche Konsequenzen der Kauf von Nuss-, Daim- oder Milchschokolade haben könnte. Er kommt an die Kasse und fragt, ob es sie auch mit Nougatgeschmack gibt.

11:49 Uhr: Eine alte Frau sagt, dass ich ja so hübsch sei und dass es eine Schande wäre, wenn ich in die Hölle käme. Sie legt mir einen Flyer einer christlichen Gemeinde aufs Laufband.

12:01 Uhr: Ein Mann mit einem Kehlkopfmikrofon bestellt einen Beutel Schwarzer-Krauser-Tabak.

12:25 Uhr: Eine weinende Frau fragt, ob wir Schwangerschaftstest verkaufen, ich schüttle den Kopf, sie drückt auf den Zigarettenautomaten, Big Pack Prince.

12:47 Uhr: Heinz ist wieder da, er hat gute Laune und kauft noch einen Lütten. Er legt mir ein klebriges Bonbon auf das Laufband: »Was Süßes für meine Süße!«, lacht er und zwinkert mir zu.

12:54 Uhr: Aus Reflex frage ich einen jungen Mann, der Kondome kauft, ob er Treuepunkte dazu haben will, ich muss unfreiwillig lachen, er wird rot und geht.

13:00 Uhr: Ich habe Feierabend. Bei der Abrechnung fehlen drei Cent. Die Frau, die für 140 Euro eingekauft hat, ist nicht mehr zurückgekommen. Morgen hab ich wieder Frühschicht.

DAS HÖCHSTE FEST

Wo ich herkomme, gibt es drei feste Termine im Jahr: Weihnachten, Ostern und das Gänseverspielen im *Bilschau Krug*. Gänseverspielen ist im Prinzip nichts anderes als Bingo, bei dem man eine Gans gewinnen kann, und wird von der örtlichen Feuerwehr ausgerichtet. Es gibt zwar seit Jahren keine echten Gänse mehr als Hauptpreis zu gewinnen, aber was soll's, wir sagen ja auch immer noch »die wohnen bei Johannsens«, obwohl Johannsens mittlerweile nur noch an einem Ort wohnen: dem Friedhof. Glücksspiel ist zwar eigentlich verboten, aber das wird hier mit irgendeiner Gesetzeslücke ausgehebelt und außerdem, was soll schon schlecht an etwas sein, das Familien zerstört?

Die Veranstaltung startet um 20 Uhr, meine Großmutter ist seit halb sechs da, um Plätze für unsere Familie zu besetzen. Sie mag nicht besonders bedrohlich wirken, aber sie ist nicht hergekommen, um den Tisch, an dem wir jedes Jahr sitzen, an irgendwelche Zugezogenen aus dem Neubaugebiet zu verlieren. Sie hat ein Sitzkissen dabei.

Am Eingang liegen die Bingokarten in einem großen Haufen auf zwei Tischen. Eine Karte kostet 4 Euro, jede weitere auch vier. Es gibt auch ein Extraangebot: drei für zwölf. So geht Kundenbindung. Auf den Karten stehen zufällige Zahlen von 1 bis 90, die Auswahl der richtigen Tickets ist eine komplexe Angelegenheit, von diesem Moment hängt ab, ob ich hier als strahlende Siegerin herausgehe und einen der begehrten Präsentkörbe mit nach Hause oder Schande über meine gesamte Familie bringe. Letztes Jahr verließ ich die Veranstaltung mit einem 50 Zentimeter hohen und 50 Kilo schweren Buchsbaum. Man kennt uns.

Bevor es losgeht, gibt es etwas zu essen. Vegetarier*innen sind hier auch heute noch ungefähr so selten wie Demokrat*innen in der AfD, deshalb kann ich zwischen drei verschiedenen Wurstgerichten wählen. Als ich die Servicekraft frage, ob ich auch etwas ohne Fleisch bekommen könnte, zerfällt sie zu Staub. Jetzt trifft auch der Rest der Familie ein, mein Onkel bestellt noch im Stehen eine Rum-Cola, die Servicekraft zieht eine Augenbraue nach oben und sagt: »Dich kenne ich noch vom letzten Jahr.« Man kennt uns.

Die Spielregeln sind schnell erklärt: Nach- und durcheinander werden die Zahlen von 1 bis 90 aus einem Beutel gezogen. Wer zuerst eine Reihe voll hat, muss laut und deutlich »Pott!« rufen. Wer nicht »Pott!«, sondern »Bingo!« oder »Ja! Hier!« ruft, wird für immer aus der Gemeinschaft verstoßen und eröffnet das nächste Osterfeuer. Als Brennholz. Pro Runde gibt es drei Preise, die Karten werden erst abgeräumt, wenn es dreimal Pott gab. Ich bin kein ehrgeiziger Mensch, aber das hier ist mein höchstes Fest.

Es geht los. In der ersten Runde geht es um all die Sachen, die im Leben wichtig sind: ein Schnitzelpaket, ein Frühstückspaket und einen Fußball. »Die 43!« – was für ein enttäuschender Auftakt. Um mich herum höre ich, wie Menschen ihre Zahlen abdecken. Ich gehöre nicht zu ihnen. »Die 72!«, wieder nichts. Zwei Zahlen Rückstand schon. Unterschiedliche Zahlen provozieren unterschiedliche Reaktionen, wird die 90 gezogen, flüstert der halbe Saal bedächtig »De ole Mann«, bei der 40 kichert irgendjemand »hihihi, Pfirsich«, bei der 33 atmen alle scharf ein, bei der 1 wird gejubelt, weil die *so was Besonderes* ist. Die Menschen kommentieren leise, welche Zahlen sie haben und welche nicht, als zum ersten Mal die 88 gezogen wird, sagt ein Mann entrüstet: »Nä, das schon mal ganich« – Bilschau bleibt stabil.

»Die 83!« Na endlich! Fünf Zahlen pro Reihe braucht man für Pott, ich hab insgesamt noch nicht mal fünf Abdeckchips auf meinen drei Karten liegen, als das erste Schnitzelpaket an den Tisch der Nachbarn wechselt. Typisch. Mein Onkel bestellt noch eine Rum-Cola.

Nach dem ersten Pott kommt lange nichts, ich kann aufholen, in kurzem Abstand werden die 29, die 1 (Jubel im Saal) und die 74 gezogen. Ich lauer. So heißt das, wenn nur noch eine Zahl in der Reihe fehlt. Das Frühstückspaket wird irgendwo im Nebenraum gewonnen, der Fußball geht an eine 78-jährige mit Hüftschaden. Sie freut sich ehrlich über ihren Preis. Wir müssen abräumen. Das war die erste von 27 Runden.

Die nächsten drei Stunden verbringe ich in höchster Konzentration und in einem Wechselbad der Gefühle. Unser Tisch kann kleinere Erfolge einfahren, mein Onkel gewinnt ein Naschpaket. Das Insektenhotel können wir leider nicht erspielen, dafür räumt meine Mutter in einer überragenden Runde eine Mettwurst ab. Zeit und Raum krümmen sich, meine Existenz oszilliert zwischen den Polen »Ik luuer«, »Pott stimmt, bitte abräumen« und »Ich hätte gern noch eine Rum-Cola«. In Runde 17 kann meine Mutter eine zweite Mettwurst für sich entscheiden, sie macht mich so stolz. Seit Runde acht kenne ich meine Zahlen auswendig, so muss sich Heroin anfühlen. Als meine Oma in der Hauptrunde den heftigsten Präsentkorb abräumt, fließen Tränen der Rührung über unsere Wangen, selbst mein Onkel, der inzwischen 50 Euro in Cola-Rum und 12 Euro in Spielkarten investiert hat, wischt sich verstohlen über seinen Tränenkanal.

Kurz vor Ende des Abends ist es dann auch bei mir so weit: Ich verpasse das Grünkohlpaket knapp, als es passiert: »Die 6!« Voller Inbrunst schmettere ich »Pott!« in den Dorfkrug, als gäb's kein Morgen mehr, die Zahlen werden kontrolliert, »Pott stimmt, bitte abräumen«, heißt es, und ich sehe mein Leben an mir vorüberziehen, der Jackpot ist geknackt, schnallt euch an, wir fahren nach Disneyland – ich habe das Autopflegeset gewonnen. Ich streichle gerührt über meinen neuen Eiskratzer, den Scheibenenteiser und den Gummipflegestift. Meine Oma klopft mir wissend auf die Schulter, mein Onkel reicht mir anerkennend die Hand. Mein Vater ist ein bisschen traurig, dass er nichts gewonnen hat, meine Mutter tröstet ihn, indem sie ihm liebevoll eine Mettwurst rüberschiebt. Das ist er, der Geist, der uns hier alle verbindet.

Epilog:

Nach der Veranstaltung stehen wir vor dem Dorfkrug. Man beglückwünscht sich, aus erbitterten Gegner*innen werden jetzt wieder Nachbarn. Meine Oma ist mit ihrem Präsentkorb der Star auf dem Parkplatz. Jemand kommt und wirft einen anerkennenden Blick auf mein Autopflegeset. »Letztes Jahr hast du hier doch den Buchsbaum gewonnen, oder?«, fragt die von Johannsens. Man kennt uns.

AUFRÄUMEN MIT MARIE KONDO

Im späten 21. Jahrhundert (also ca. 2019) feierte auf Netflix eine Show Premiere, die ein Riesenhit wurde, sie heißt *»Aufräumen mit Marie Kondo«*. Für diejenigen, die das nicht kennen: Eine sehr niedliche, etwas androidenhafte Frau kommt zu Leuten nach Hause, wirft alle Dinge einer gewissen Kategorie auf einen Haufen, also zum Beispiel alle Kleidungsstücke, und dann müssen die Leute jedes einzelne Teil nehmen und sich fragen, ob es noch Freude bringt. Wenn nicht, dann kommt es weg, wenn ja, dann darf es bleiben. Und so arbeiten die Leute sich Stück für Stück durch ihre Besitztümer, und am Ende ist im Idealfall alles aufgeräumt. Ich habe das auch ausprobiert, und das sah dann so aus:

Genau wie Marie Kondo das macht, begrüße ich zunächst mein Zuhause. Der Marder auf dem Dachboden grüßt freundlich zurück. Ich gehe ins Schlafzimmer und suche alle Kleidungsstücke, die ich finden kann. Mein Bett verschwindet nach und nach unter T-Shirts, T-Shirts, die ich sicher zum Schlafen anziehen könnte, T-Shirts, die mit mir Abi gemacht haben, T-Shirts, die mit dieser einen Hose bestimmt echt total gut aussehen würden, und Spaghettitops, die ich ganz sicher dann anziehen werde, wenn ich endlich einmal keinen Pickel auf dem Rücken habe. Ich lege Hosen dazu: die mit dem Loch an den Oberschenkeln, die, in der mein Hintern toll aussieht, in der ich aber nicht so gut atmen kann, die, die mit diesem einen T-Shirt bestimmt echt gut aussehen würde, die aber nicht mehr passt; meine 17 BHs, die Unterhosen mit der Spitze, die zwar hot sind, aber ungemütlich, weil *Spitze* und *Arschritze* sich zwar reimen, aber trotzdem ganz sicher nicht zusammengehören; die Hoodies, auf denen Namen von Städten stehen, in denen ich noch nie war, diverse Funktionskleidungsstücke, die ich mir nur gekauft habe, weil ich es unglaublich praktisch fand, dass man die Beine abzippen kann, und die 73 Single-Socken, die schon sehr viel länger als elf Minuten darauf warten, einen Partner zu finden. Aufräumen ist ein Prozess, sagt Marie Kondo, aber ich habe nicht damit gerechnet, dass der genauso lang und enttäuschend wird wie Prozesse gegen Rechtsextreme in Deutschland.

Ich nehme das erste Kleidungsstück in die Hand und fühle in mich hinein: Bringt diese einzelne Damensocke mit Komfortbund, Größe 39–42 mir Freude? Does it spark joy? Ich fühle nichts und werfe die Socke auf den Aussortierhaufen. Sofort packt mich die Reue, so hat Marie Kondo mir das auf Netflix nicht beigebracht; bevor man etwas wegwirft, muss man sich bei dem Gegenstand bedanken. Ich hole die Socke zurück, und gemeinsam erinnern wir uns an die gute Zeit, die wir zusammen hatten, die Socke und ich, sie an meinem Fuß, ich – in ihr drin und plötzlich tut es mir leid, und ich kann sie nicht mehr aussortieren. Socki bleibt. Socki sparkt *doch* Joy. Von ein paar Pullovern fällt die Trennung leichter, ich bedanke mich höflich und lege sie auf den Aussortierhaufen, auch ein bauchfreies Top muss gehen, denn, wem machen wir was vor, ich mag Kinder Bueno lieber als Sport. Danke, Klamotten und tschüss. Langsam komme ich auf den Geschmack. Ich arbeite mich durch den Haufen und stelle fest, dass ich sehr viel weniger Kleidung brauche als gedacht, Socki sitzt auf meiner Schulter und nickt anerkennend.

Als Nächstes sind alle Bücher in meinem Haus dran. Marie Kondo sagt, dass man die Bücher erst aufwecken muss, bevor man sie eins nach dem anderen in die Hand nehmen kann, ich tippe energisch auf die Buchdeckel, Hemingways Kurzgeschichtensammlung schlägt zurück. Ernest sparkt also keinen Joy mehr, ich bedanke mich, aber ich meine es nicht so, ich sortiere einfach direkt alle Bücher von Männern aus und habe bedeutend mehr Platz in meinen Regalen. Weiter geht es zur nächsten Kategorie, dem Papier. Finde ganz ehrlich, dass die Erinnerung an meine Steuererklärung keinen Joy sparkt, ich lege sie zu den Mahnbescheiden und den Versicherungsunterlagen auf den Aussortierstapel und zünde ihn an, denn Feuer reinigt. Langsam komme ich in Fahrt, ich bedanke mich bei dem Kassenbon von letzter Nachts Pizza und werfe ihn in die Flammen. »Hiermit verleihen wir Selina Seemann den Titel Master of Arts …« sparkt keinen Joy, erinnert mich nur daran, wie kacke es war, Hausarbeiten zu schreiben, danke, Marie Kondo, danke, Papierkram und adios, Asche zu Asche!

Bevor es an sentimentale Gegenstände geht, ist erst mal die Kategorie »Diverses« dran. Ich frage mich kurz, was genau *Diverses* sein soll, finde, da war Marie Kondo ein bisschen faul. Diverses kann ja quasi alles sein, ich blicke fragend zu Socki, aber der Strumpf, der Joy sparkt, deutet nur mit ausladender Geste in den Raum. Recht hast du, Socki. Wir müssen das alles in die Hand nehmen. Ich schmeiße erst das Sofa vom Balkon, dann den Herd. Hinterher werfe ich Lampen, Töpfe und die Toilettenschüssel. Mein Kühlschrank? Sparkt keinen Joy mehr, meine Haustür? Sparkt keinen Joy, ich blicke meinen Fußboden an und finde nicht, dass die Fliesen noch besonders viel Joy am Sparken sind, der Schreibtisch im Wohnzimmer fängt langsam richtig Feuer, »Marie Kondo, ich werde dich stolz machen«, rufe ich aus dem Fenster, dann fällt mir auf, dass auch die keinen Joy mehr sparken, seit ich sie putzen muss, und reiße sie aus ihrer Verankerung. »Früher hatte ich immer Probleme damit, mich von Sachen zu trennen«, flüstere ich Socki ins Ohr, »aber dank Marie Kondo weiß ich endlich wieder, was Joy sparkt: nichts. Nichts sparkt Joy, Socki, nichts außer dir, diese Welt ist dem Untergang geweiht, aber sieh mal, wie schön sie brennt!« Hinter mir fängt der Dachstuhl Flammen, der Marder flüchtet »Marie Kondooooooo, sieh mich an!«, schreie ich in die Nacht und immer wieder »Does it spark joy???«

Unsanft rüttelt jemand an meiner Schulter. »Maus, wach auf, du hast schlecht geträumt«, höre ich die Stimme meines Freundes. Tatsache, auf dem Bildschirm fragt Netflix, ob ich noch da bin, ich muss wohl bei *»Aufräumen mit Marie Kondo«* eingeschlafen sein. Eine Socke ist im Schlaf von meinem Fuß gerutscht, sie blinzelt mir verschwörerisch vom Fußende zu. Ich nehme die Hände meines Freundes in meine Hand und stelle mir die einzig bedeutsame Frage …

DE WIEHNACHTSGESCHICHT

In de moderne Tied, in de wi leven, da gifft dat överall alternative Fakten. All de Lüüd vertelln eenfach se ehr egen Version vun de Wohrheit. De AfD maakt dat, Donald Trump maakt dat. Und nu heff ik mi dacht: Dat kann ik ok. Un wo doch Wiehnachten vör de Döör steiht, heff ik, as ik so de Wiehnachtsgeschicht lesen harr, mi dacht, dat dat ja ok allens en beten anners hett lopen können. Und heff mi fraagt: Wo harr dat utsehen, wenn Jesus nich in Bethlehem op de Welt kamen weer, sonnern in Schleswig-Holsteen? Un dat geiht so:

Dat weer de Tied, as Daniel Günther König vun Schleswig-Holsteen weer, un he sien Volk taxeren wull. Dat weer na de Zensus 2011 dat erste Mol, dat dat sowat gifft un jeedeen gung na dat Dörp, woneem he herkeem. Mittenmang: Josef, de ut Kiel keem. Un he harr ok sien Fru dorbi, Maria. Maria schall en Kind kriegen, se hett de Reis lever per Peerd maakt, da de A7 alltiet toproppen is, un de Bohn in Schleswig-Holsteen siet Maanden nich een Mol eenmal rechttiedig wesen is. Und nu weern se grood ankamen bi't Raathuus in Kiel, da warrt de Ehelüüd en Söhn boorn.

Maria und Josef hebbt dat allens alleen maakt, wiel dat ja nich noog Hebammen geev in'n Norden. Een Krankenhuus na dat annere hett sien Babystation dichtmakt, wiel dat keen Moneten geev, en Göör to holen. Aber Maria is en plietsche Fru, de hett rieklich Literatuur dorbi, un se hett mol en Video op YouTube sehn un dat kloorkregen. Dat Göör hett se in'n Maxi-Cosi legt, se hett ja markt, dat se swanger weer un vörweg plant. Josef hett ook helpen, he is en moderne Keerl un plant, na de Geboort in Öllerntied to gahn. »Wat seggst, Josef, schüllt wi em Jesus nennen?«, fraagt Maria. »Jesus Christiansen? Jo, allerbest!«, seggt Josef.

Togliek op de Koppel nevenan: En Dörp wieter hett dat'n Füerwehrball geven, de dree Buern Klaas, Broder un Malte hebbt sik op den Weg na Huus verbiestert un lopen in'n Düstern över de Koppel »Dor, ik seh en Funzel!«, röppt Klaas. »Du hest en beten veel Lööm hatt, mien Jung!«, antwoordet Broder. »He hett aver recht!«, röppt Malte. »De hebbt wiss en Klöönkasten!« Un peest al na dat Licht hen.

»Moin, moin!«, röppt Malte. »Wi sünd ut Kronshogen, wi hebbt uns verlopen. Und da hebbt wi de Funzel över de Döör sehn, un nu bruukt wi mol en Handy, dormit wi'n Taxi ropen köönt – seggen Se mal, is dat'n Baby?« »Ja, dat is uns Söhn, Jesus!«, seggt Maria all en beten bräsig. »Nee, wat sööt! Wi hebbt uns verlopen un en Kindskiek funnen!«, freit sik Klaas. »Nu hebbt wi gor keen Gaav för den Bengel!«, beduurt Broder de Laag. »Wi hebbt doch bi'n Füerwehrball bi de Tombola mitspeelt!«, seggt Malte, all hibbelig.

– Und so keem dat, dat de dree Döösbaddels ut Kronshogen den lütten Jesus fiene Gaven an sien Maxi-Cosi brochen: Twee Pund Krabben, nich utpuult. En Wittkohl ut Dithmarschen un'n Boddel Lööm ut Bad Oldesloe.

Maria is en beten mööd, dat is ja ok en langen Dag ween, mit de Reis und de Geboort, un se hett sich dat unner en Dack kommodig inricht. Doch Josef weer noch in Luun för en Fier. De veer niege Frünnen wüllt noch'n beten supen un hebbt sik de Buddel Lööm von Jesus nahmen. »Dat warrt he nich spitzkriegen, he is ja noch bannig lütt«, glöövt Broder, un Malte seggt: »Morgen is Rewe ok wedder apen, da koopt wi'n neige Buddel«. Josef, Klaas, Malte un Broder sett sich vör't Raathuus daal un proosten sik to.

»Kiek mal, de Abendsteern, nee wat schöön!« Klaas is Füer und Flamm.

»Dat is en Windmöhl«, seggt Broder un fraagt: »Josef, nu segg mal, wie is dat, Vadder to sien?«

»Dat is en Geföhl, dat kannst gor nich beschrieven. Ofschoonst dat nich mien liefliche Söhn is; Maria hett en kort Techtelmechtel mit en Keerl hatt, aver se seggt, dat dor keen Geföhle im Speel weern, se nix för em föhlt un he sick ok nich wedder mellt hett. Dat weer al bevör wi uns drapen hebbt.«

»Un ik heff noch seggt, dat he na di utsüüt!«, seggt Klaas.

De veer Keerls harrn de ganze Nacht schnackt und sik so goot verstahn, as dat se dree Daag binanner wesen sünd, Maria un de lütte Jesus jümmers mittenmang. Af un to hett da mal en Swattbunte oder en Schaap vun de Koppel röver keken – un so kümmt dat ok, dat wi nu dree Daag Wiehnachten fiern, un in de Krüpp to Huus jümmers de hillig Familie, ne Koh, en Schaap un dree annern Keerls henstellen.

Dat he in Schleswig-Holsteen op de Welt kamen is, hett Jesus bannig präägt. Dat gifft en poor Geschichten, wie he, as en junge Keerl, eenige Mal Water in Oldesloer Korn verwannelt hett. Een munkelt, dat Broders Verdeenst bi de Tombola wat domit to doon hett. Berichten, dat Jesus över Water lopen kann, sünd wiss nich wohr, he weer bloots in't Watt wannern wesen.

ERDAUFGANG

Ein Astronaut der »Apollo 8« nahm am Heiligabend 1968 ein Foto auf, das berühmt wurde. Es ist ein Foto davon, wie die Erde aufgeht. Unten am Bildrand ist graues Mondgestein zu sehen, dann nur Schwarz, unendliche Weite, und in diesem Schwarz geht die Erde auf. Sie ist vielleicht zu etwas mehr als der Hälfte zu sehen, sie ist schön blau und von weißen Wolken marmoriert, die sich drehen, wie dein Scheitel sich an deinem Hinterkopf dreht. Das Bild heißt *Earthrise*, Erdaufgang, und als ich es zum ersten Mal sah, hat es mich überrascht. Man denkt, dieses Bild zu kennen, die Komposition aus dem Boden, der so nah scheint, dem Dunkel und dann dem Himmelskörper, der halb aufgegangen am Himmel steht. Aber bei diesem Foto ist etwas anders: Die Perspektive ist ungewohnt, man hält es im ersten Moment für eine gute Fälschung – da hat doch der Mond aufzugehen, nicht die Erde!

Ich hatte als junges Mädchen ein Buch, in dem es um das Weltall ging. Die Kapitel behandelten die verschiedenen Planeten, die Raumfahrt, sogar Aliens kamen darin vor; was ich vor allem aus diesem Buch gelernt habe ist, dass es sich nicht lohnt zu träumen. Ich las von Schwerelosigkeit, von Raketen, davon, dass man auf dem Mond leichter sei als in Wasser, von Raumanzügen, von Kometen und von Galaxien. Und ich lernte, dass es auf die meisten Fragen keine Antwort gibt, dass niemand weiß, wie groß das Universum ist, wie es entstanden ist, warum es entstanden ist, ob wir allein sind, ob wir nicht allein sind und dass man sehr viel Glück haben muss, um Astronaut zu werden. Dass man überhaupt nur Astronaut werden kann, wenn man gut in der Schule und in Sport und in Physik ist, und ich las ein paar Seiten später, dass das Universum sich wahrscheinlich ausdehnt und sich eines Tages selbst verschlingen wird, und ich verstand nicht, denn ich war gerade erst überhaupt in der Schule und ich wusste nicht, ob ich gut in Physik sein würde, denn ich hatte schon gehört, dass das eher nichts für Mädchen sei, und Sport fand ich schrecklich, ich las lieber Bücher über das Weltall, als laufen zu gehen, und wenn wirklich alles in ein paar Millionen Jahren sowieso enden würde, warum gab sich dann überhaupt jemand Mühe, irgendetwas zu tun? Ich hatte meine erste existenzialistische Krise mit etwa sieben Jahren und habe mich bis heute nicht davon erholt.

Zu etwa der gleichen Zeit wurde ich krank und durfte im Bett meiner Eltern schlafen, weil sie wissen, dass liebevolle Erziehung mehr wert ist als konsequente Erziehung, und ich tat eine Weile so, als würde ich schlafen, aber heimlich habe ich doch zum Fernseher geschaut. Es lief *Stern-TV,* und Günther Jauch erklärte mit typisch gespieltem Staunen, dass Astronauten ganz schön harte Arbeitsbedingungen hätten, und Reporter*innen begleiteten ein Team, das ins Weltall reisen wollte. Ich lernte, dass man nicht nur Astronaut, sondern auch Astronautin werden kann; aber man musste trotzdem gut in Sport sein, und das sah ich nicht kommen. Sonst hatte ich fast alles, was es braucht: Man durfte nichts gegen das Konservenessen haben, das in seltsamen Verpackungen dargereicht wurde, und man musste mehrere Tests in der Zentrifuge überstehen, aber da sah ich wenig Probleme; ich mochte Fertigessen sehr gern, und auf dem Jahrmarkt war ich schließlich auch immer ohne Schwindel aus den Fahrgeschäften gekommen. Die Weltraumreisenden mussten außerdem ein besonderes Training überstehen: In der Schwerelosigkeit ist es viel schwerer, auf Toilette zu gehen, Spacetoiletten haben nur eine sehr kleine Öffnung, die man treffen muss, deshalb klebten sich die hoffnungsvollen Kandidat*innen ein Kreuz aus Gaffatape auf ihre Hosen und mussten mit einem nachgebauten Raumschiffklo, in dem von unten eine Kamera steckte, üben, sich richtig hinzusetzen, damit ihnen im Weltall kein Missgeschick unterläuft. Wenig hat sich so sehr in mein Gehirn eingebrannt wie dieses Bild, von diesem Tag an übte ich vorsorglich, sehr genau zu zielen, wenn ich auf Toilette ging.

Irgendwann bekam ich dann auch Physikunterricht. Ich lernte dort nichts, was mir geholfen hätte, Astronautin zu werden, ich habe nicht verstanden, was mathematische Formeln damit zu tun haben sollten, schwerelos zu sein, und im Sportunterricht lief es weiterhin schlecht. Ich behielt nur im Kopf, dass das Sonnenlicht acht Minuten braucht, um von der Sonne zur Erde zu gelangen, und dass wir es erst acht Minuten später merken würden, wenn sie plötzlich implodierte – was immerhin eine Möglichkeit sei, wenn ich dem Weltallbuch Glauben schenkte –, und ich wusste nicht, ob ich das tröstlich oder furchterregend finden sollte.

Vielleicht ist die Sonne schon tot, und ich weiß es nicht, nur der Mond würde das vielleicht früher mitbekommen, je nachdem, wo er gerade steht. Der Mond kann nicht aus seiner Haut, immer wieder spielt er dasselbe Spiel und wiederholt seine alten Muster, wie ich meine alten Muster wiederhole, und ich schimpfe auf den Mond, dass er so viel mehr zu bieten hätte, und bin selbst kein Stück besser, was meine dunklen Seiten angeht.

Immer wenn ich versuche, zu begreifen, was das Universum ist oder wie groß es ist, stoße ich an meine Grenzen, weil ich verstehen kann, dass sich etwas ausdehnt und sehr, sehr groß ist – aber wo ist das Universum denn drin? Mein Gehirn kann Unendlichkeit nicht begreifen, es begreift Endlichkeit sehr viel besser, denn Endlichkeit habe ich erfahren, jedes Mal, wenn jemand »ich liebe dich nicht mehr« sagt, ist das Endlichkeit, wenn du dein Haustier im Garten begräbst, ist das Endlichkeit, wenn das T-Shirt nicht mehr nach der Person riecht, die du vermisst, dann ist das Endlichkeit.

Man gewöhnt sich an alles, auch an das Schöne. Und ich wünschte, ich hätte ein Foto wie *Earthrise* von uns, eins, auf dem wir uns genauso nah sind wie immer, nur die Perspektive wäre anders. Ich sähe deinen Scheitel, wie er sich an deinem Hinterkopf dreht, und ich hätte ihn noch nie so gesehen. Ich könnte zulassen, dass jemand erfährt, was auf der anderen Seite ist, die ich nie zeigen kann, selbst wenn ich es wollte, denn wenn es dieses Foto gäbe, hätte es jemand geschafft, mich zu berühren. Ich würde dich sehen, wie du aufgehst, würde dich sehen, wie du es immer wieder schaffst, aus dem Dunkel zu kommen, und ich wüsste vielleicht endlich, wie du es schaffst, mich zu lieben, weil ich noch nicht an uns gewöhnt wäre.

Und dann würden wir staunen über die athletischen Menschen, die gefriergetrocknetes Pulver essen, um auf ihre kleinen Spacetoiletten zu gehen, und wir würden lachen, darüber, wie bescheuert das alles ist, und würden sehen, dass wir so viel größer sind als das, und wir würden lachen, weil ihr kleines Hirn Unendlichkeit nicht verstehen kann und weil wir vielleicht eh nur noch acht Minuten haben, bis hier das Licht ausgeht.

BEIM FRAUENARZT

Als Frau werde ich gelegentlich gefragt, wann ich denn endlich Kinder bekäme, oder bekomme den Hinweis, dass Enkel ja gar keine schlechte Idee wären – zu Weihnachten. Meine Antwort, dass ich zurzeit einfach noch keine Lust auf Kinder habe und auch nicht weiß, ob die je kommt, stößt meistens auf Unverständnis.

Ich habe im Allgemeinen nichts gegen das Konzept, Kinder zu bekommen, ich finde halt nur, dass ich vielleicht erst an einen Punkt in meinem Leben kommen sollte, an dem ich es schaffe, eigenständig einen Handyvertrag abzuschließen und nicht Papa fragen zu müssen. Oder an den Punkt, an dem mich Schwangere nicht an John Hurt in der 1979er-Version von *»Alien«* erinnern. Oder an den Punkt, an dem ich es geil finde, einen Popelsauger zu benutzen. Popelsauger sind Sauger für Popel.

Bis dahin halte ich es mit dem Kinderkriegen wie jeder gute Swingerclub: Alles kann, nichts muss – von Sterilisation bis siebenköpfige Familie ist eigentlich noch alles drin bei mir. Aktuell stehe ich Babys, Kindern und Jugendlichen mit etwa der gleichen Haltung gegenüber wie Gesichtstattoos: Hätte ich nicht unbedingt gemacht, muss aber jede*r selbst wissen, beides stört zunächst beim Schlafen – und los wird man sie auch schwer.

Ich habe mich also von meinem Frauenarzt beraten und mir nach einem euphorischen Plädoyer eine Hormonspirale einsetzen lassen: fünf Jahre absolute Freiheit, keine Nebenwirkungen, sexy ohne Bremse, quasi. Es klang zu schön, um wahr zu sein, und ich hätte den Braten früher riechen müssen, den er da versuchte, mir in die Röhre zu schieben, damit niemand anderes das Gleiche täte, und die Aussicht darauf, mich so lange nicht um Pillenrezepte, Migräne oder Blutungen mit so kleinen Schleimbröckchen darin kümmern zu müssen, erschien mir großartig, aber ich sollte diesen Schritt bitter bereuen.

Das Einsetzen der Spirale verlief problemlos, wenn man mal von dem Moment absieht, in dem mein Frauenarzt ungetrübt ankündigte: »Ich ziehe jetzt Ihre Gebärmutter mit der Zange kurz nach vorn«, um mit dem Hinweis »das ziept jetzt kurz« das wenige Zentimeter große Plastikteil in meine wenige Millimeter große Zervix zu rammen, nur um dann hektische Stressflecken im Gesicht zu bekommen, als die medizinische Fachangestellte neben ihm verlautbarte, dass sie gerade unglücklicherweise gar keine sterile Schere zur Hand habe, um das Rückholbändchen, quasi meine Reißleine, auf die passende Länge zu kürzen.

Jetzt wird es unangenehm.

Die Bäckerei meines Mutterkuchens, wie ich meinen Uterus liebevoll nenne, verharrte also statt der geplanten 15 Sekunden etwa zwei Minuten im zarten Griff der Chirurgenstahlzange, was zu meinem leichten Unwohlsein an der Grenze zur Ohnmacht leider weiter beitrug. Normalerweise setze man die Spirale bei Frauen, die noch nicht geboren hätten, auch unter Vollnarkose ein, aber er hatte einfach den Eindruck, dass mein Muttermund weit genug geöffnet sei, man kriegt da wohl einfach so ein Gefühl für, mit der Zeit, als Frauenarzt. Ich jedenfalls habe den Rest des Tages weinend im Bett verbracht.

Zwei Jahre habe ich mit der Spirale in meinem Bauch gelebt, aber irgendwie drängte sich mir nach und nach ein unangenehmer Verdacht auf: Ich meinte, Nebenwirkungen zu entdecken. Es kann natürlich sein, dass die Kopfschmerzen, die Übelkeit, das Ausbleiben meiner Monatsblutung, die depressive Stimmung, die Nervosität, der verringerte Geschlechtstrieb, die schlechte Haut, die Rücken- und Brustschmerzen, die Blähungen und der – Zitat Packungsbeilage – »vermehrte Haarwuchs an Stellen mit männlichem Verteilungsmuster« rein zufällig auf einmal auftraten, dass ich allerdings regelmäßig in Tränen ausbrach, weil mein Mitbewohner den Geschirrspüler falsch eingeräumt hatte, das kam mir seltsam vor. Ich hatte den kleinen Vampir in mir in Verdacht.

Mein Frauenarzt zeigte dann auch reichlich Verständnis für meine Situation: Ich erklärte ihm, dass ich das Teufelsding keinen Tag länger in mir tragen wolle, dass ich verstünde, warum in Schulen häufig von

Gewaltspiralen die Rede sei und dass er sie bitte entfernen möge, als er meinte: »Was haben Sie denn? Jetzt kommen Sie mir nicht mit Depressionen.« Es ist schön zu wissen, dass psychische Krankheiten in unserer Gesellschaft zunehmend entstigmatisiert werden, und Dr. B. hat an diesem Tag Großes dazu beigetragen, danke dafür.

Ich legte meine Gründe ausführlich dar, machte allerdings den Fehler, einen »Spiegel«-Artikel zu erwähnen, der eine Studie zitierte, die von massiven Nebenwirkungen ebenjener Spirale berichtete, die mich in den Wahnsinn trieb. Mein Frauenarzt witterte eine große Verschwörung der Medien und meinte: »Alles, was gut ist, wird am Anfang kritisiert. Sie sollten nicht so viel RTL gucken, Frau Seemann« – stimmt, dachte ich, Contergan zum Beispiel war ja auch ein gutes Beruhigungsmittel.

Dass seine geliebte Spirale vielleicht bei anderen funktionierte, für mich aber in Wahrheit die schlechteste und schmerzhafteste Verhütungsmethode überhaupt war, wollte mein Gynäkologe einfach nicht wahrhaben, stattdessen frage er mich: »Sind Sie sicher, dass Sie nicht einfach nur einen unterdrückten Kinderwunsch haben?« Da war es, mein neues liebstes Totschlagargument:

»Sie können hier nicht parken!« – »Sind Sie sicher, dass Sie nicht einfach nur einen unterdrückten Kinderwunsch haben?«

»Das ist das Schlafzimmer, nicht die Toilette!« – »Sind Sie sicher, dass Sie nicht einfach nur einen unterdrückten Kinderwunsch haben?«

Ich weiß nicht, woran es liegt, dass einem keiner glaubt, wenn man sagt, dass man nicht weiß, ob man irgendwann Kinder haben möchte. Es scheint die Vorstellungskraft menschlicher Wesen zu sprengen, dass Dinge wie Selbstverwirklichung, die Lust zu reisen oder finanzielle Sicherheit bei anderen Menschen einfach erst mal weiter oben auf der Prioritätenliste stehen als Kinder. Ich meine, ich zweifle doch auch keine Veganer*innen an, reibe ihnen Teewurst ins Gesicht und sage: »Warte mal ab, bis deine biologische Uhr anfängt zu ticken, da kriegste schon noch Lust drauf.«

Ich hoffe einfach, dass es irgendwann egal ist, ob man sich als Frau vermehren möchte oder nicht, dass einem die Entscheidungshoheit über den eigenen Körper nicht abgesprochen wird und dass Kinder dann bei Menschen aufwachsen, die sich bewusst für sie entschieden haben und nicht bei Eltern, die dachten, dass das nun mal dazugehört, und es lieber mit Babys versuchen wollten, solange die Eier noch frisch sind. Vielleicht wäre das ein erster Schritt in eine bessere Welt, außerdem könnten dann vor allem männliche Politiker die Fresse und sich aus Entscheidungen wie denen über Abtreibungen heraushalten.

Ich habe meinen Frauenarzt inzwischen gewechselt.

GEWITTER

Manchmal zieht der Himmel zu
Es beginnen Donner und Regen
Die Tropfen fangen zu klatschen an
Wolken lassen sich vom Wind fegen

        Dann kommt ein Blitz
        eine Ader auf grauer Haut
        und erhellt kurz dein Antlitz
        das durch die Fensterscheibe schaut

Ich war sehr klein
Ein Kind, vielleicht sieben
hatte Angst und
wollte nicht in meinem Bett liegen

        Hatte Tränen in den Augen
        Denn der Donner war so laut
        Du hast im Dunkeln gesessen
        und dir die Blitze angeschaut

Hast mit tiefer Stimme mich beruhigt
und in den Arm genommen
und mir, ich erinner mich
erklärt, wo Blitze eigentlich herkommen

        »Da entsteht Ladung
        Die muss dann heraus

Da gibt es Teilchen und Spannung
Ich kenn mich da aus

Und hier im Haus bist du sicher
Denn hier gibt es einen Blitzableiter
Oh, hör mal hin –
das Gewitter zieht schon weiter

Der Donner ist nur Musik
Der Blitz ist Dirigent
Doch es gibt noch einen Trick
Es ist gut, wenn man ihn kennt

Wenn ein Blitz kommt
zähl die Sekunden, bis es kracht
Man kann errechnen, wie weit er weg ist
Komm, ich zeig dir, wie man's macht

Du nimmst die Zeit
und teilst sie durch drei
Und wenn man das ein paarmal macht
ist es fast wieder vorbei«

Du sprachst von Reibung
und von Autoreifen
Vielleicht konnte ich nicht alles
aber deine Ruhe begreifen

Und so macht Gewitter gar nichts
wenn man drinnen am Fenster sitzt
Vor allem, wenn da ein Papa ist
der dich tröstet und beschützt

Noch heute mag ich den Sound
von Mülltonnen auf Teer
Sie klingen fast wie Donner
wenn man sie schiebt und sie sind leer

Ich such dann nach der Sonne
weil ich weiß, dass nichts geschieht
Und dass ich einen Vater hab
der an mich denkt und der mich liebt

Wenn ich heute Angst hab
denke ich an diese Nacht
Du hast meine Furcht genommen
Und ein Spiel daraus gemacht

Manchmal zieht der Himmel zu
Es beginnen Donner und Regen
Die Tropfen fangen zu klatschen an
Wolken lassen sich vom Wind fegen

Da spüre ich nun Geborgenheit
Ich glaube nicht mehr an Gespenster
Ich weiß nur, wie sich Liebe anhört
Sie klingt wie Gewitter am Fenster

ZUHAUSE

Wenn du mi fraagst, woneem ik herkaam, dann segg ik wohrschienlich Kiel, wiel ik dor graad herkaam. Wenn du mi fraagst, woneem ik *egens* herkümm, dann segg ik wohrschienlich Flensburg, wiel ik da op de Welt kamen bün un studeert heff. Wenn du mi fragst, wo ik wahn, dann segg ich ok Kiel, wiel ik dor een Mietverdrag unnerschreven heff. Un wenn du mi fraagst, wo mien Tohuus is, dann segg ik: Mien Tohuus is dat Huus, in dat ik groot worden bün.

Dat Huus, in dat ik opwossen bin, steiht in Süderhackstedt. Süderhackstedt, dat is een lüdde Dörp in Schleswig-Holsteen met dreehunnert un fofftig Inwohners un tominst dreehunnertuneenunfofftig Kö. Dat Dörp is en beten ut de Kehr, aver dat hett ok gode Sieden, in so'n lüdde Dörp to leven, dat is to'n Bispiel nie en Problem, dor en Parkplatz to finnen. För dien Trecker.

As ik een Johr oolt weer, harrn mien Öllern düt Huus köfft. Domals weer dat al tweehunnert Johr un en beten gammelig un oolt un mien Öllern harrn dat torechtmakt. Dat Huus is op Lehm boot ut Holtbalken un Steen, un twischen de Balken steken Geschichten. Dor steekt de Geschichte vun de Baron Münchhausen, de eenmal en Schinken dor köfft hebben schall, as dat noch een Buernhoff weer, (aver dat is wohrschienlich nich wohr). Dor steekt de Geschicht dor warrt vertellt vun de ole Eegner, de Stellmaker weer un de sien Huusholtsaken un de groten Rööd wi funnen harrn, de nu in een Museum stahn. Dor steekt de Geschicht vun de Kater, de in de kahle Rüüm wohnt harr, ehr dat mien Öllern dor mit Klütern in de Gang kamen. Un dor komen pö a pö niege Geschichten to. Met elkeen Laag Mörtel an de Wand, met elkeen Laag Tapeet an de Wand, met elkeen Laag Farv an de Wand, doon wi wat dorto, ännern wi de Geschichte vun düt Huus.

Een vun de niege Geschichten is de, dat mien Modder de dritten

Tähn vun de letzte Eegner in een Schapp funnen harr, een annern dat de Katt in de ole Huus de hele Dag op de Ümtoogladen legen harr, dormit mien Öllern se bloots nich vergeten. De Geschichten vun de eerste Nacht in dat niege Huus trecken in un wat wi dröömt hebben ok, wiel dat jo wohr warrt. Un mit de Deel un de Möbel un de Plünnen warrt dat Huus bilütten uns Huus. Un ok de niegen Geschichten word ole Geschichten un so steiht dat Muuerwark seker op de Lehm, un de Holtbalken un wat wi uns vertelln holen dat tosammen.

Dat Buwark ward öller un de Minschen dor binnen ok. Mien Kinnertiet heff ik twischen de Schaukel in de Appelboom, de Sandkasten un de twee Dören tobrocht. Dat gifft Fotos vun mien Vadder, wo he en hele Wand afrieten deit, bloots dormit he de twee Meter achtern wedder opmuern kann, wiel dat eenfach een beten schicker is. He hett ok en niege Trepp boot un mien Modder haar de heele Dag Musik spöölt, wiel se dat so schön funnen hett, dat dor keeneen to mekkern kummt, wenn se de Anlaag op luut dreiht. Dat Huus wurr mien Fründ. Klor, dat weer jümmers koolt an de Fööt, wiel dat op Lehm steiht un mien Öllern to knickerig för en *Fußbodenheizung* weern, un af un to besöökt uns ok grote, pudelige Spinnen. Aver na en heete Sommerdag in de Puuch to liggen un de Steerns dör dat Velux Finster antokieken, dat is een besonners Geföhl.

Dat Huus is de Oort, an de ik elkeen Dag to'n Avenbroot torüchkehr, ik kenn all de Ecken, elkeen Luud. Dat sünd dörteihn Stufen de Trepp hooch. Dat sünd söss Tritte bit an de Döör. Dat sünd veerunfofftig Grad Noord un dat sünd foffteihn Finster. Noch hüdigendags kann ik ju glieks seggen, welk Öllerndeel dor de Trepp rop kummt, mien Modder oder mien Vadder. Dat weer so männigmal praktisch, wiel ik geern heemlich leest harr un dat bi Mama klook weer, dat Lücht uttoknipsen un man bi Papa noch fief Sieden ruthanneln kunn.

As ik en Teenager worr, weer dat ok praktisch, wiel ik heuren kunn, of mien Öllern al slapen, dormit ik sinnig ut mien Doenz afsocken kunn, mi een Söten vun mien Macker aftoholen, de buten luert. Un all uns Geschichten steekt nu in düt Huus, drollig un trurig, de eerste Besöök vun mien Leefsten, de leste Besöök vun mien Grootvadder. De Dag, wo dat Huus afbetahlt weer, de Dag, wo de ole Boom in de Gorrn ümkippt is. Dor steekt Geschichten vun Glück un Geschichten vun Unglück, aver mehrstendeels Geschichten vun Glück. Un dor steekt de lute Musik vun mien Modder. As ik uttrocken bün, wiel de Hochschool wiet weg wor, heff ik in mien niege Wohnung seten un blarrt, wiel ik dat Huus so misst heff.

Also, wenn du mi fraagst, woneem ik herkaam, dann segg ik wohrschienlich Kiel, wiel ik dor graad herkaam. Wenn du mi fraagst, woneem ik *egens* herkaam, dann segg ik wohrschienlich ut de echte Norden. Wenn du mi fragst, wo ik wohn, dann segg ik Kiel. Un wenn du mi fraagst, wo mien Tohuus is, denn segg ik: Mien Tohuus is dat Huus, in dat ik groot worden bün.

HÄTTE ICH EIN DICKPIC GEWOLLT, HÄTTE ICH DIR EINEN FRANKIERTEN RÜCKUMSCHLAG GESCHICKT

Okay, eine Frage an die Männer hier: Wer von euch hat schon mal unaufgefordert ein Bild von seinem Penis verschickt? Und jetzt die Frauen, wer hat schon mal ungefragt ein Dickpic geschickt bekommen? Dieser Text ist all den einsamen Seelen gewidmet, die glauben, dass die Welt ein besserer Ort wäre, wenn wir bloß *alle* ein Bild von ihrem Penis hätten. Das geht raus an die Dickpic-Fotografen, die jeden Tag ihr Bestes geben. An alle Pimmelcineasten und Freunde des schräg von unten fotografierten, unterbeleuchteten Gliedes.
Ich hab mich ein bisschen vom Battlerap inspirieren lassen und von diversen Einsendungen auf meinen Profilen. Bitte erzählt meiner Oma nichts von diesem Text, ich sage ein paar schmutzige Sachen, und wenn ihr minderjährig und mit euren Eltern hier seid, dann geht jetzt lieber einmal kurz eine rauchen.

Die Kamera macht »klick«
Du presentest den Stick
Und schon ist's verschickt
Wer DMs checkt, erschrickt
Beinah erstickt
Max-Kruse-Taktik
Was ich seh, ist Kreisliga
Du hältst es für Hattrick
Der Anblick verspricht Haptik
Kein Plastik, nur hastig
Der Dick mit Hydraulik
Im YPS-Heft kein Gimmick
Nur 'n druckfrisches Dickpic
Du erwartest wohl Lob

doch ich bleib leider frostig
Wäre dein Pimmel Gott
frönte ich der Agnostik
Willst lochen wie Kricket
doch hast keine Ethik
Du hältst für Erotik
was mich total ekelt

Das sieht so gesund aus
wie'n Pferd mit 'ner Kolik
Ich finde, ganz ehrlich
keinen Joy an deinem Joystick
Du hast wohl den Eindruck
das Bild gehört public
Tret' dir in die Eier
als wärst du ein Freekick

Probierst es mit Statik
Ich halt es für Slapstick
In der Kunst gibt's 'n Genre
das nennen wir Tragik
Du findest wohl todschick
was in deinem Schritt stickt
Komm mit auf die Wache
Ich fühl mich belästigt

Du bist nur ein Knicklicht im Dickicht
Dich fick ich gewiss nicht
Geb' Gas und verpiss mich
Du siehst nur mein Rücklicht
Komm, bück dich, ich blick's nicht
Wer Dickpics verschickt ist
nur Abfall
Genick bricht und Dickpic
das reimt sich

Äß ich Fleisch, wärst du Schaschlik
Betonklotz und Wattschlick
Ich pack meinen Koffer
mit Fallbeil und Hanfstrick
Steck ein, was sich nicht schickt
und spar dir den Dickshit
sonst fax ich ’ne Copy an deine Mum
RIP Bitch!

Will den Dödel nicht sehen
Die Latte nicht touchen
Will weder deinen Schwanz
noch deinen Lümmel bequatschen
Hinfort mit dem Schniepel
Bleib weg mit dem Rüssel
sonst muss ich noch brechen
Bring lieber ’ne Schüssel

Was ist das fürn Usus
Geschlecht zu versenden?
Ich kann keine Zeit mehr
an Phalli verschwenden
Da schwimmt eine Gurke
durch meinem Gin Tonic
Erinnert mich zu stark
an dein letztes Dickpic

Dein Aal wird geräuchert
Die Wurst hat keinen Nährwert
Und nein, diese Scheide
braucht ganz sicher kein Schwert
Du denkst einen auf Cobra
ich find eher Natter
Ich organisier dir
’n Date beim Bestatter

Hast du denn gedacht
dass es dafür Applaus gibt
weil diese traurige Bifi
aus deiner Hose sich rausbiegt?
Ich sah Dashcam-Unfälle
mit mehr Sexappeal
Ich will außer meiner Ruhe
wirklich nicht viel

Hätt ich gern ein Dickpic
würd ich danach fragen
»Hey, könnt ich ein Lichtbild
von deinem Ding haben?
Mir fehlen in mei'm Zimmer
ein paar Gemälde
Hast du was dagegen
dein Gemächt zu verew'gen?«

Ich bin hier auf Insta
für Foodporn und Mode
und nicht für deinen Piephahn
und nicht für die Hoden

Glaubst du denn ehrlich
dein Opa ist stolz
wenn du auf fremden Accounts
mit deinem Lörres rumprollst?
Glaubst du, dein Papa steckt in sein Portemonnaie
ein Bild von deinem Schwanz
weil er so schön stramm steht?

Willst du mich beeindrucken
dann klappt das mit Charme
und nicht mit deinem Schamhaar
das kannst du dir sparen
Ich screenshotte sorgsam
was du mir so sendest

und hoffe, die Nudel
ist wenigstens bissfest

Die Caption, sie lautet
»hab mich für dich frisch rasiert«
Na, dann wollen wir doch mal sehen
ob's deine Chefin interessiert
denn ich finde dich bei LinkedIn
und ich zeige kein Erbarmen
Kenne absolut keinen Skrupel
benutzt du deinen Klarnamen

Und wenn das nächste Porträt
meinen Posteingang beschmutzt
na, dann zeige ich dir gerne
wie man Jungbäume so stutzt
Du denkst, so'n Bild, das klärt dir Sex
doch jetzt sag ich dir mal was
Kastration ist sehr komplex
doch sie macht auch sehr viel Spaß

BRIEFE AN ALLE

Mein Vorsatz im neuen Jahr war, mir öfter ein wenig Zeit zu nehmen und zu überlegen, was mir eigentlich wichtig ist im Leben, und deshalb habe ich reflektiert und nachgedacht und Briefe geschrieben an die Menschen, die mir wichtig sind und die mein Leben prägen, und ich habe euch ein paar dieser Briefe mitgebracht:

Liebes Finanzamt,

bitte hör endlich auf, mir zu schreiben. Das mit uns war nur eine schnelle (Steuer-)Nummer für mich, es tut mir leid, aber ich kann deine Gefühle nicht erwidern. Das Einzige, was ich dieses Jahr von der Steuer absetzen werde, bin ich selbst (und zwar in die Karibik), und ich hoffe, dass du dein Glück woanders findest, zum Beispiel bei den Verantwortlichen der Cum-Ex-Geschäfte.

Liebe Grüße, deine

20/133/*7*6

Lieber Leonardo DiCaprio,

bitte hör endlich auf, mir zu schreiben. Nein, Scherz. Lieber Leonardo, schreib mir doch einfach mal. Ich hätte bestimmt super viel zu erzählen, was dich mega interessiert, du könntest mir zum Beispiel von den Oscars berichten oder von der »Titanic« und davon, dass du absolut noch auf diese Tür gepasst hättest, aber Kate Winslet die für sich allein wollte, und ich erzähle dir dann im Gegenzug von dem Poetry Slam in Kellenhusen, den ich mal gewonnen habe. Ich habe außerdem gerade meine Möbel umgestellt und jetzt ein bisschen mehr Platz in meiner Einzimmerwohnung, aber guck dir das doch einfach mal selbst an, ich kenne ein nettes Restaurant, bei dem wir was bestellen können, und inzwischen ist es mir nicht mal mehr peinlich, das liefern zu lassen, obwohl ich fast direkt gegenüber wohne, man gewöhnt sich an alles, also vielleicht gewöhnst du dich ja auch an mich.

Ganz, ganz, ganz liebe Grüße,

deine Selini

Lieber Rhabarber,

du gehst einfach deinen Weg. Du bist für mich das geilste Obst unter dem Gemüse und gleich nach Wein meine liebste Zutat für eine Schorle. Ich find super swaggy, dass du aussiehst wie die Mischung aus Himbeeren und Stangensellerie und dass Menschen mit Rotgrünschwäche niemals den Unterschied zwischen dir und Stangensellerie erkennen können. Ich freue mich auf die nächsten zwei Wochen, in denen du wieder erntereif bist, denn guter Geschmack kennt keine Saison.

Mit freundlichen Grüßen

Ein Fan

Lieber Papa,

in einer Familie gehört es auch dazu, sich gegenseitig zu verzeihen, wenn man mal einen Fehler macht, oder? Also, ich muss da vielleicht was geraderücken. Weißt du noch, als du mich 2005 gefragt hast, ob ich »sex.de« in den Browser eingegeben habe? Und wie ich dann gesagt habe, dass das bestimmt eins dieser »Pop-ups« war? Also, das war ein bisschen gelogen, und ich möchte das endlich loswerden, weil es mir auf der Seele liegt. Ich war auch das mit »ficken.de« und »brüste.com«, es tut mir leid, wenn dein gutes Bild von Mama ein wenig darunter gelitten hat, aber vielleicht können wir darüber hinwegsehen, wenn ich am Wochenende noch mal *kurz* deinen Laptop neu aufsetze und das Handy einrichte.

Deine Tochter

Lieber Weihnachtsmann,

ich kenne meine Rechte. Um Punkt 00:00 Uhr steht mir die Schokolade in meinem Adventskalender zu, und ich bin da auch nicht »penibel« oder »stur«, sondern einfach nur »genau«.

Mit winterlichen Grüßen

Selina Schneemann

Lieber Elon Musk,

hui, das war peinlich mit dem Cybertruck, oder? Wie sieht es aus, hättest du nicht Lust, dich mal mit mir zu treffen, ganz ungezwungen, einfach auf einen Kaffee oder so? Keine Angst, ich habe es nicht auf dein Geld abgesehen, wirklich nicht, ich bin finanziell total unabhängig, seit ich das Finanzamt ghoste, und kann für mich selbst sorgen. Ich würd nur halt super gern mal ins Weltall, und irgendwie scheint meine Bewerbung bei der NASA untergegangen zu sein. Also, schick mir doch einfach 'ne Sprachi, wann es bei dir passt, meine Nummer hast du ja bestimmt noch.

Deine Spacelina

Dear Donald Trump,

excuse my English, but please go fuck yourself.

Yours sincerely,

Selina Sailor

Liebe Mama,

nee, ich weiß auch nicht, wieso Papa 2005 so seltsam war beim Frühstück.

Läuft dein Macbook wieder?

Liebe Grüße

Deine Tochter

Liebe*r Paketbot*in,

ey, ich weiß, wie kacke dein Job ist und dass du nicht fair bezahlt wirst und zu viel zu tun hast, und das tut mir mega leid und ich verspreche, wirklich weniger im Internet zu bestellen in Zukunft. Aber dass du von allen möglichen Paketshops in meiner Nähe meinen nagelneuen Drucker, der wirklich nicht neutral verpackt war, ausgerechnet in den *»Drucker & Tinte«*-Laden am Ende der Straße bringen musstest, das war ein bisschen uncool. Ich hab etwas zerbrechen sehen im Blick der Ladenbesitzerin.

Mit freundlichen Grüßen

Frau Seemann, meine Adresse kennst du ja

Liebe Selina,

vielleicht wird dieses ja endlich dein Jahr? Immerhin siehst du toll aus, ist das Outfit neu *fingerpistols*? Denk doch auch mal daran, was du alles geschafft hast! Texte von dir wurden im *»Irgendwas mit Möwen«*-Buch veröffentlicht, das nur 15 Euro kostet und ein wunderbares Geschenk für Freund*innen und Familie und überall im Buchhandel erhältlich ist?!

Deine Selina

Liebe Kommentarspalten im Internet,

meine Güte, bei euch läuft das aber auch, oder? So viel Hass, Hetze und Scheiße und alles gratis! Ich möchte einfach mal Danke sagen, dass ihr rund um die Uhr denen ein Zuhause gebt, die sonst nichts haben, kein Hirn, kein Herz und kein Mitgefühl. Ihr macht keinen Unterschied, es ist vollkommen egal, ob die Leute rassistisch sind oder sexistisch oder homophob – ganz egal, ihr seid der Safe Space für die widerlichsten Fressen der toxisch maskulinen, patriarchalen, weißen Überprivilegiertheit. Bei euch können wirklich alle sein, wie sie wollen: transfeindlich, behindertenfeindlich, antisemitisch. Ihr habt »Fotze« und »Leute an die Wand stellen« endlich wieder salonfähig gemacht! Und das Beste: Die Unternehmen, die euch diese Plattformen bieten, verdienen so richtig schön daran. Also, denkt dran, wenn ihr das nächste Mal ein paar schmissige Beleidigungen und Vergewaltigungswünsche an minderjährige Klimaaktivistinnen in den Cyberspace brettert: Euch kann niemand aufhalten. Nicht einmal der Rechtsstaat.

Eure @SelinaKristin

Liebe Frau Sachbearbeiterin Birkel,

ich habe Ihre Schreiben vom 17. Mai, Juni, Juli, August und März 2019 erhalten und jetzt erst mit einiger Verspätung lesen können. Gern lasse ich Ihnen meine Umsatzsteuervoranmeldung für die Quartale I-IV für das Vorjahr zukommen, ich bitte Sie jedoch höflich, mir eine Fristverlängerung zu gewähren, mir ist da nämlich ganz blöd ein Treffen mit Leonardo DiCaprio dazwischengekommen.

Hochachtungsvoll,

Selina Kristin Seemann

ST. PETER-ORDING

Komm, wir fahren ans Meer!
Wir können heute noch am Strand stehen
und Wattwürmern und Windsurfern
beim Runden drehen zusehen

Dort, wo wir zwischen Seegras und Strandgut
eine zweite Heimat finden,
wo mit den Windböen und Tidenhub
alle Sorgen schwinden

Wo Ebbe nur ein Wort
für einen breiteren Strand ist
und du von Leben umgeben
oder ganz für dich bist

Wo die Dünen sind und Wiesen
und man das Salz schmeckt in der Luft
und du dich locken lässt vom Lachen
und dem Krabbenbrötchen-Duft

Du träumst von Abenteuer und Märchen?
Hier gibt es Burgen aus Sand
Und die Drachen werden heute
halt einfach Kites genannt

Komm, wir fahren ans Meer
Wo Erlebnisse Erinnerungen werden
Wo wir hinterm Deich reich sind
weil wir Weltnatur erben

Wo die Häuser auf Pfählen stehen
weil sie ab und zu gern baden gehen
Wo die Sprache genauso platt ist wie das Land
und einmal Moin sagen in aller Regel langt

Wo Herzlichkeit Zukunft hat
und Wellen Gelassenheit an Land spülen
Wo aus Fremden Freunde werden
und sich im Strandkorb zu Hause fühlen

Komm, ich zeig dir
dass es auf dem Holzweg richtig gut sein kann
und dass der Weg bereits das Ziel ist
beim Seebrücken-Spaziergang

Wo selbst die Sonne sich gut auskennt
sie weiß es sicherlich am besten
deshalb schläft sie, wo's am schönsten ist
und das ist nun mal im Westen

Komm, wir fahren ans Meer!
Denn es ist ja nun mal so:
Das Glück, das hat drei Buchstaben
Man schreibt es S-P-O

F

SÜDERHACKSTEDT

Düsse Text is för all de Lüüd, de ok op'n Dörp opwassen sünd un heet, wo schall dat anners sien, Süderhackstedt.

> Mien Tohuus, dat hett söss Straten
> naja, twee sünd mehr so'n Redder,
> een is bloots för »Anlieger« free,
> mien Tohuus, dat hett söss Straten,
> aver egens sünd dat blots dree.

Op jeedeen Fier kümmt de Fraag: »Un, vun wo kummst du her?« un mehrstendeels sitt ik dann in'ne Kniep, wiel *Süderhackstedt* de Anschien na en drollige Naam is un klingt as »Hacksteak« un wiel dat keen Aars kennt. Dat Gespreek löppt meest so: »Kennst du Kleenjörl?« – »Nee.« – »Kennst du Eggebek?« – »Nee.« – »Kennst du Flensburg?« – »Jo, dat Beer!« – »Jo, Süderhackstedt is een halve Stunn wiet weg dorvun!«

De in Süderhackstedt opwassen is, lehrt in de Wildnis to överduern. Du lehrst, mit knappe Ressourcen to schirrwaken. Dat gifft dor keen Koopmann, keen Kino, keen H&M. Dat gifft een Sprüttenhuus un een Dörpdiek un dat sünd de Highlights! Wenn de junge Lüüd mal to Stadt kamen, mööt se vun de Erinnerung an all de Funzeln un de bunte Farven en poor Weken vun tehren. As ik na de School na Hamburg umtrucken bin, heff ik wat funnen, vun wat ik bit dahin blots ut de Geschicht, de de Olen an de Füer vertellen, kennen dä: Leverdeenste.

Dat mit de Verkehr is ok so'n Ding in Süderhackstedt, de Optionen sünd da recht dürftig. Damit ik na de School ut Flensburg wedder na Huus keem, müss ik eerstmal en Bus na Grootjörl nehmen, dör

Wanderup un Süderzollhaus dör, dann in een annere Bus umstiegen, dör Janneby dör, torüch op'e Straat, Kleenjörl, Südermoor und denn: Süderhackstedt. Dat duert an en gode Dag een Stunn; mi dücht, dat dat keen Stadtrandlaag mehr is. Dat weer ok stuur, as ik een lüdde Deern weer. De annern Göörn, de ik to mien Geboortsdag inladen harr, kemen bloots, wenn se alltohoop en Fahrgemeenschap gründt harrn. Een vun düsse Reisgruppen, de sick to mien twölfte Geboortsdagsfier op de Weg makt harr, is hüüt noch nich ankamen.

Wenn een Oortsfrömde weten will, of dat wiss un wahrhaftig so ut de Kehr is, as ik segg, vertell ik em geern, dat mien Naber Lars tweedusund-un-dörteihn noch mit de Peerd to' Wahl galoppeert is un sik beswaart hett, dat dat keen Parkplatz för sien Peerd gifft!

Aver, dat allens deiht Süderhackstedt ok Unrecht. Ja, avends is da wenig los. Un ok middags. Un daagsöver. Also jümmers. Aver mien heele Kinnertiet bün ik mit dat Fohrrad lang de Koppeln un dör de Redder dör fahren un heff in de Wind bölken kunnt un dat hett keen stört. Ik harr mit Kriedfarven op de Straat malen un mit mien City-Roller spelen kunnt un dat ohn de Gefohr, dat da een Auto kummt, dat mi afmurksen deiht. Ik weer dorbi, as op de Naberhoff twee Schaap op de Welt kamen sünd un harr heff de Namen utsöökt (Mit beste Gröten to Alexander un Rosi!). Ik heff met mien Fruenn an de Busanholt seten as se dat erste maal smöökt hebbt. Mien Weg na Huus vun mien beste Fruendin weer jüst tweehunnert Meter lang, wi harrn met een Walkie-Talkie vun een Kinnerstuuv to'n annern funken kunnt.

Da weer en grote Goorn mit een Appoelboom, un ik kenn jede Afkürzung dör de Wald. Ik finn dat ok immer noch wunnerlik, wenn een Klöönkastennümmer mehr as bloots veer Tahlen hett. In Süderhackstedt, dor kennt man sik so goot, dat de Lüüd in de Hüüs so benöömt warrt as de Familie, de dor dree Generatschoon voeraf leevt hatt hett. Dat Platt warrt so fürig nuschelt, dat dat ja keeneen verstahn kann. Aver Kultuur heff ik ok mitkregen ut Süderhackstedt: Dat wichtigste Fest in't hele Johr is Rummelpott un wer wat anners seggt, de lüggt.

Ik wahn nu nich mehr dor, wiel ik studeert un Arbeet in Kiel funnen heff. Aver af un to kaam ik wedder na Huus un denk an de schöönste Tied in mien Leven.

Mien Tohuus, dat hett söss Straten
naja, twee sünd mehr so'n Redder,
een is bloots vör »Anlieger« free,
mien Tohuus, dat hett söss Straten,
aver egens sünd dat bloots dree.

Mien Tohuus, dat hat söss Straten,
naja, dat sünd allens mehr so Redder,
dor is bloots een mit twee Sporen dorbi,
aver mien Tohuus, dat warrt dat blieven,
vergeten warr ik dat nie.

SCHEITERHAUFEN

Ich habe ziemlich oft das Gefühl zu scheitern, mal mehr und mal weniger, mal bei größeren und mal bei kleineren Dingen. Aber ich finde auch meistens irgendjemanden, der dann Schuld daran hat, das macht es etwas leichter. Und dieser Text ist ein paar der gescheiterten Dinge in meinem Leben gewidmet, und er heißt natürlich: Scheiterhaufen.

Ich bin 1,71 Meter groß und es wäre vermessen zu sagen 1,80 Meter. Dass ich kein Model wurde, scheiterte vor allem daran, dass Robin P. mir am Morgen des 18. August 2004 beim Umsteigen in den Schnellbus ein Bein stellte, damit er einen Sitzplatz bekäme und ich nicht. Neben meiner Lieblingscordhose riss auch die Epidermis an meinem linken Knie, die Wunde vernarbte prächtig, und mit so einem geschundenen Knie hätte mich kein Laufsteg der Welt genommen, außerdem habe ich in der *»BRAVO Girl«* gelesen, dass man mindestens 1,75 Meter groß sein muss, um Model zu werden. Dass ich kein Model wurde, scheiterte also vor allem an Robin P.

Dass ich keine Polizistin wurde, scheiterte vor allem daran, dass ich früher richtig gern *»Großstadtrevier«* geguckt, dabei aber leider den Titelsong falsch verstanden habe. Voller Inbrunst habe ich mitgesungen: »Große *Heide*, kleine Fische«, und mein Vater fand das so lustig, dass er mich bis heute damit aufzieht. Genau wie er mich damit aufzieht, dass ich als Kind eine kleine tote Maus gefunden, sie auf den Namen Rosi getauft und standesgemäß evangelisch beerdigt habe. Katholisch hätte ich sie auch nicht beerdigen können, weil Frauen in der katholischen Kirche immer noch keine Priesterinnen werden dürfen, wahrscheinlich weil sie kleine Jungs nicht so gern mögen. Dass ich keine Polizistin wurde, scheiterte also vor allem an der mittelalterlichen Haltung des Papstes.

Dass ich jemals wirklich glücklich werden kann, scheitert vor allem daran, dass ich mich zu sehr darüber aufrege, dass nie alle meine Kleidungsstücke gleichzeitig gewaschen sind. Ich meine, selbst wenn ich alles wasche, hab ich ja noch das tagesaktuelle Outfit schon wieder getragen, ich müsste also quasi einen Nackttag einlegen, an dem ich nichts Neues anbreche, und warten, bis dann alles getrocknet ist, und das macht mich verrückt.

Dass ich kein Internetstar wurde, scheiterte vor allem an Boris Becker. Als Internet zu Hause eine neue, hippe Sache war, hat Boris Becker Werbung für AOL gemacht. »Ich bin drin« wurde zum geflügelten Wort, in jeder Zeitschrift lagen damals CDs mit Gratisminuten Internet bei. Ich hatte schon Gratisinternet für mehrere Jahre angespart, wollte dabei sein und meine Eltern davon überzeugen, dass wir *endlich* Internet bekommen. Aber meine Erziehungsberechtigten waren immer noch sauer auf Boris Becker, weil der drei Jahre zuvor diese Nutella-Werbung gemacht hat, in der er das Frühstücksmesser ableckt. So jemandem kann man doch nicht vertrauen, Wimbledon hin oder her. Die CDs mit dem Gratisinternet hingen wir stattdessen an Bindfäden in die Büsche vor der Ortseinfahrt, weil eine Legende besagte, dass anbrausende Autofahrer*innen das Blitzen der CDs für Wildtiere halten und abbremsen würden. Dass ich kein Internetstar wurde, scheiterte also vor allem an Boris Becker.

Ich hätte auch Podologin werden können, aber das scheiterte daran, dass meine Füße nicht so schön sind, und das wäre mir dann geheuchelt vorgekommen. Ich kenne mich aber auch gar nicht so gut mit den Steuersätzen für Fußpflege aus, und daran scheiterte wohl auch meine Karriere beim Finanzamt. Ein anderer Grund ist, dass die beim Finanzamt mit einer Software arbeiten, die Elster heißt, und ich habe einmal schlechte Erfahrungen mit Elstern gemacht, mir hat nämlich einmal eine einen Ring gestohlen, aber vielleicht war das auch Carsten Spengemann, und wenn ihr über diesen Witz lachen konntet, habt ihr auch die Maxi-CD von »We have a Dream« aus der ersten *»Deutschland sucht den Superstar«*-Staffel noch irgendwo zu Hause herumliegen.

Na ja, das wollte ich euch nur einmal erzählen. Ich scheitere manchmal daran, rechtzeitig aufzustehen, ich scheiterte viele Jahre an der Teilnehmerurkunde der Bundesjugendspiele, ich scheiterte am Bronzeschwimmabzeichen, und ich scheitere jedes Mal daran, die Wahrheit zu sagen, wenn ich beim Friseur gefragt werde, ob es mir gefällt.

Manchmal scheitere ich daran, meine Wäsche aufzuhängen, und lasse sie einfach zwei Tage in der Trommel und muss sie dann noch mal waschen, bevor ich sie aufhänge. Einmal scheiterte ich daran, das Grab von Falco auf dem Wiener Zentralfriedhof zu besuchen, weil ich zu spät dran war, und wurde dann auf dem Wiener Zentralfriedhof eingeschlossen.

Früher war Scheitern mir furchtbar unangenehm, ich wollte unbedingt, dass alles so läuft, wie ich es mir ausgemalt habe. Inzwischen nehme ich mir zwar immer noch Sachen vor, aber wenn sie schiefgehen, denke ich mir einfach, dass sie dann halt eine gute Geschichte sind, die ich erzählen kann. Und deshalb vielleicht ist es gar nicht so schlimm, dass ich keine Podologin geworden bin und auch kein Internetstar, wobei ich mir auch eine Karriere als Internet-Podologin hätte vorstellen können, denn vielleicht hat Robin P. mir einen Gefallen getan, als er mir ein Bein stellte und meine Modelkarriere beendete, denn sonst wäre ich heute nicht hier, sondern in Mailand, und wir hätten uns vielleicht nie kennengelernt, und das wäre wirklich schade.

OMA RETTET DAS KLIMA

Wir kommen der Zwei-Grad-Klimaerwärmungs-Grenze, die wir uns als Weltgemeinschaft gesetzt haben, immer näher. Die ersten Inseln im Pazifik gehen langsam unter, werden immer häufiger überspült, ganze Landstriche werden verschwinden. Leider nicht die, auf die man verzichten könnte. Bis das Wasser Sachsen-Anhalt und Bayern erreicht, wird es noch etwas dauern, vorher werden die Gegenden verschwinden, um die es wirklich schade ist. Also, vor allem Schleswig-Holstein. Abkommen zum Schutz unseres Klimas werden aufgelöst; in der Regierungsverantwortung in den USA sitzen Leute, die den Klimawandel für Murks halten – aber was soll man auch von einem Mann erwarten, dem sogar die eigene Frisur und Frau total egal sind? Und hier in Deutschland hat man das Gefühl, dass in den Talkshows ständig die Falschen zur Sprache kommen, nämlich die, die am lautesten schreien und zu jedem Thema (Migration, Impfungen, Klima) eine gegensätzliche Meinung haben, *einfach nur aus Bock*. Mein erster Vorschlag wäre da, Klimawandel-Leugnende mal mit direkt Betroffenen sprechen zu lassen. Ich stelle mir so eine Diskussion zwischen Alexander Gauland und einem hungrigen Eisbären sehr vielversprechend vor.

Aber für alle, die sich fragen, was sie als Einzelne*r noch tun können, weil sie ja schon Müll trennen und kein Kohlkraftwerk betreiben: *Oh*, es gibt so viel, was wir tun können. Den Kohlegrill gegen einen Elektrogrill tauschen, zum Beispiel. Es ist so unglaublich unnötig, gepresste Dinosaurier anzuzünden, nur um sich eine Wurst warm zu machen. Außerdem kann man Fleisch zusätzlich wenigstens ab und zu gegen einen geilen Gemüse-Tofu-Spieß austauschen, weil so'n Tier halt echt viel CO_2 verbraucht und das mit der Frage, ob es moralisch überhaupt okay ist, Tierchen zu essen, eh noch nicht abschließend geklärt ist. Wir können Bäume pflanzen. Und das meine ich jetzt nicht im übertragen-symbolischen Sinne, sondern ernst: Eine junge Eiche kostet in der Baumschule nur 12,90 Euro. Das kostet allein die Grillkohle, die wir jetzt sparen, weil wir elektrisch grillen! Einen Spaten haben die Nachbarn, ab heute wird CO_2 gebunden, Baby!

Wir könnten allerdings auch Fahrrad fahren, statt so zu tun, als wäre der Dieselmotor die einzig behütenswerte Erfindung des 19. Jahrhunderts. Ja, es ist kacke, Fahrrad zu fahren, wenn es regnet. Oder schneit. Oder wenn man Dämmplatten transportieren will, um die eigene Bude energieeffizient umzubauen, und man sieht mit diesen albernen Warnwesten und Leichtgewichthelmen und Satteltaschen vom Ausmaß einer bequemen Eckbadewanne auch echt scheiße aus, aber wenn wir hier nicht mehr leben können, weil zunehmende Wetterextreme, spontane Wüstenbildung und Überflutungen Leben unmöglich machen, dann ist das im Verhältnis relativ egal, ob man mal kurz kacke aussah. Fahrradfahren hat so viel mehr Vorteile, als es Nachteile hat, und dabei ist ein durchtrainierter Oberschenkel, mit dem man Partner oder Partnerin überraschen kann, nur der Anfang. Um ein Fahrrad zu parken, muss man keine 3,80 Euro pro angefangener Stunde zahlen! Ein Fahrrad muss man nicht tanken! Und deshalb ist es so wichtig, ein gut funktionierendes Fahrradwege-Konzept zu haben und umzusetzen.

Ich gehe noch einen Schritt weiter. Neben dem Klimawandel haben wir es noch mit einer anderen Art von Wandel zu tun: Wir werden immer älter. Warum also nicht auch noch Rollatorwege installieren? Und damit die Großeltern auch Fun an der Sache haben, zwischendrin kleine Mini-Rampen und Halfpipes, in denen man den neuen Elektroscooter mal richtig an die Grenzen der Belastbarkeit bringen kann! Wahre Geschichte: Meine Oma hat im Altersheim eine Verwarnung bekommen, weil sie mit ihrem Elektro-Rollstuhl vorgefahren ist und ihre Freundinnen, bei denen die Krankenkasse nicht so spendabel war, sich mit ihren normalen Rollstühlen hinten rangehängt haben und sie die dann mit Vollgas durch die Flure gezogen hat. Das ist das Carsharing der Zukunft! Da wurde in ihrem kleinen Altersheim das Prinzip Hybridantrieb neu gedacht, und was passiert: Sie musste den Elektro-Rolli wieder abgeben. Fördern sollte man diesen Entwicklergeist!

Generell glaube ich, dass meine Oma das ganze Problem mit dem Klimawandel allein lösen könnte. Wenn alle so leben würden wie sie, hätten wir keine Probleme mehr. Früher hab ich mich oft amüsiert, wenn sie das zehnte Marmeladenglas ausgewaschen hat, weil das doch noch gut ist und man da Knöpfe oder Batterien drin aufbewahren kann, aber inzwischen sehe ich meine Omi als Vorreiterin der Zero-Waste-Bewegung. Meine Weihnachts- und Geburtstagsgeschenke habe ich regelmäßig in dem Geschenkpapier bekommen, das ich ein Jahr vorher benutzt hatte, um Omas neue Modern-Talking-CD oder den Nachschub an Kölnisch Wasser einzupacken. Oma hatte keinen Heißwasseranschluss in ihrer Küche, weil sie 36 Jahre in der gleichen Bude gewohnt hat und meinte: »Ach, ich kann doch Heißwasser aus dem Bad holen«. Und dann hat sie heißes Wasser aus dem Bad geholt und in einer kleinen Plastikschüssel abgewaschen und, woah, hat mich das genervt, aber inzwischen weiß ich, dass Oma einfach die Queen of Ressourcenschonen und Abfallvermeiden ist. Ich fand das als Kind seltsam, wenn sie mit ihren eigenen Schüsseln an die Käsetheke gesteppt ist, inzwischen bewundere ich das.

Ihr Handrührgerät hat sie noch in der Originalverpackung im Küchenschrank aufbewahrt. Auf dem Karton sind Menschen zu sehen, deren Frisur Archäolog*innen und Kulturwissenschaftler*innen auf die frühen 70er Jahre zurückdatieren. Als er eines Tages nicht mehr rührte, hat sie ihn zum Elektriker gebracht. Sie hat einen 10-D-Mark-Mixer für 20 Euro reparieren lassen und als Einzige verstanden, dass das eine sinnvolle Investition ist.

Was meine Großmutter mit Klimaschutz zu tun hat? Alles. Klimaschutz fängt im Kleinen an. Viele Menschen meinen, allein könne man eh nichts bewirken. Aber allein kann man auch keinen Fußball spielen. Und das kriegen die Leute doch auch hin, dann schließt man sich halt zusammen. Zack, WM, zack, Klimaschutz. Ich glaube, dass das Thema einfach ein Imageproblem hat. Wer bei einem freundlichen Bierchen unter Nachbar*innen auf die Frage: »Und, was machst du am Wochenende, Jürgen?« mit »Och, Margit und ich wollten uns endlich mal dem Klimaschutz widmen!« antwortet, gilt als uncool und wird gleich verdächtigt, die Soja-Schnitzel und den Quinoa-Salat ins kalte Büfett gemogelt zu haben. Klimaschutz klingt nach Verzicht und Öko-Deo, das statt 48 Stunden keine 48 Minuten hält. Aber wenn wir mal ehrlich sind, schmeckt Salat aus dem Gemeinschaftsgarten noch besser als aus der Plastiktüte, ein gebrauchtes T-Shirt kann man waschen, Fahrrad fahren macht klug und erfolgreich, und ein gesharetes Car ist ein doppeltes Car!

Und solange, bis meine Omi Präsidentin aller Chemie-, Auto- und Stahlkonzerne in Deutschland ist und die Läden auf Sparsamkeit und Achtung vor allen Dingen und Lebewesen trimmt, müssen die Veränderungen da stattfinden, wo wir Macht haben: bei uns zu Hause.

WHERE IS THE LOVE?

Die Liebe ist seit Anbeginn der Zeit Thema in der Kunst, und einige der größten Geister unserer Spezies haben sich an ihr versucht, Homer, Goethe, Pilcher, Haddaway, aber um die soll es heute nicht gehen. Was die Liebe ist, wurde bereits ausreichend behandelt, ich möchte mich vielmehr einer Frage anschließen, die seit 2003 regelmäßig gestellt wird, und deshalb heißt dieser Text auch wie dieser eine Song: *Where is the Love?*

Wo die Liebe ist, fragt Fergie von den Black Eyed Peas, und ich zucke die Schultern Richtung Radio, also bei mir kann sie ja jedenfalls schon mal nicht sein. Ich habe nachgerechnet; im Schnitt dauert es eineinhalb Jahre Beziehung, bis ich betrogen werde, was sehr schade ist, weil ich im Schnitt 3,6 Jahre mit meinen Freunden zusammen bin. Vielleicht ist das mit der Liebe so wie mit Wärme, sie geht immer dahin, wo gerade nicht genug von ihr ist, und wo zu viel ist, da bleibt sie nicht. Ich finde es irgendwie gemein, dass niemand die Black Eyed Peas erlöst, seit siebzehn Jahren fragen sie, wo die Liebe denn nun ist, und niemand erbarmt sich, einfach mal nachzusehen. Ich persönlich habe überall nach der Liebe gesucht, zuletzt auf eBay Kleinanzeigen, aber da habe ich nur Fußfetischisten und gebrauchte Eierkocher gefunden. Trotzdem, irgendwo muss sie doch stecken, ich habe sie doch neulich noch gesehen.

Der erste Mensch, der mir je gesagt hat, dass er mich liebt, war Alexander P. Alexander war ein Jahr jünger als ich, ich war fünf, wir gingen gemeinsam in die Rote Gruppe des Kleinjörler Kindergartens. Alexander war nicht so gut im Ausschneiden wie ich, aber er konnte höher schaukeln; er lud mich zu seinem Geburtstag ein, und wir versprachen uns, gemeinsam die »Akte X«-Videokassetten seiner Mutter anzusehen, wenn wir groß wären. Also, so mit 10. Er gab mir jeden Tag einen Kuss zum Abschied und ich dachte »NICE, den Partner fürs

Leben habe ich also schon mal gefunden.« Eines Tages, es war ein kalter Herbstnachmittag, sah ich, wie Alexander P. meiner besten Freundin Diana zum Abschied einen Kuss gab und ihr sagte, dass er sie liebte. Da war die Liebe also, sie steckte nur gerade wohl im Umzugsstress und hatte vergessen, mir ihre neue Adresse mitzuteilen. Ich habe »Akte X« nie gesehen.

Aber aus dieser Sache habe ich gelernt und Vorsorge betrieben, mit meinem besten Freund habe ich abgemacht, dass wir einfach einander heiraten, wenn uns niemand anders will – leider wollte ihn jemand.

Vielleicht habe ich aber auch einfach zu unrealistische Vorstellungen von der Liebe. Ich durfte als Kind nicht so viele VHS-Kassetten besitzen, wie ich eigentlich wollte, deshalb habe ich viele Filme erst später gesehen, an Disney kann es also nicht liegen, dass ich ein Idealbild im Kopf habe, das im echten Leben schwer zu erreichen ist. Ich glaube viel eher, dass daran zwei ganz bestimmte Menschen Schuld sind, die mich schon jahrelang begleiten, die mich in gewisser Weise auch geprägt haben und die bedingungslose Liebe spielerisch leicht aussehen lassen. Ich spreche natürlich von Dr. Angela Merkel und ihrem Ehemann Joachim Sauer. Ich meine, wie couplegoals sind die bitte? Angela sieht richtig was von der Welt, hat als Letzte in ihrer Partei so was wie Rückgrat, und Joachim lässt sie einfach machen, hält öffentlich die Klappe und massiert ihr wahrscheinlich auch noch ohne zu jammern bei einem Glas Günther-Jauch-Wein die Füße. Wo die Liebe ist, Fergie? Hast du schon im Kanzleramt nachgeguckt?

Zum Glück habe ich noch andere Vorbilder in Sachen Liebe, die mir Hoffnung machen, dass auch ich eines Tages Teil eines »und« sein werde. Oma und Opa, die ihren 60. Hochzeitstag gefeiert haben. Meine Eltern, die sich immer noch Komplimente machen und gegenseitig witzig finden.

Maria und Fabian, zwei meiner besten Freunde, die mich letzten Sommer anriefen, um mir zu sagen, dass sie verlobt sind. Laura Müller und Michael Wendler. Außerdem habe ich oft die Erfahrung gemacht, dass man Dinge genau dann findet, wenn man aufhört, nach ihnen zu suchen. Und deshalb habe ich schließlich doch noch eine Anzeige aufgegeben, aber nicht bei eBay Kleinanzeigen, sondern am »Kunden suchen, Kunden bieten an«-Brett im Marktkauf um die Ecke, und sie lautet:

»Ich suche NICHT: die große Liebe.

Wenn du die halbe Nacht wach bleiben und Serien gucken, englischsprachige Literatur der 1920er Jahre, stundenlange Playlists bei Spotify erstellen und Katzen liebst, es dich außerdem nicht stört, dass ich nur alle zwei Tage dusche und dazwischen mit Trockenshampoo überbrücke, weil ich denke, dass das besser für meine Haare ist, du genau wie ich als Teenager eine Emo-Phase hattest, die nie nur eine Phase war und mir potenziell deinen liebsten Wes-Anderson-Film zeigen könntest, dann bitte melde dich nicht bei mir. Wir werden uns auch so finden.«

Ob die *Black Eyed Peas* noch rauskriegen werden, wo die Liebe ist, weiß ich nicht, aber sie suchen auch erst seit 17 Jahren und ich seit 27, und ich hab die Hoffnung ja auch noch nicht aufgegeben.

DER DRECK, DIE LIEBE, DAS ECHTE

Ich will nicht eure Fassade
Nicht das Schauspiel, nicht die Charade
Ich will den Dreck, die Liebe, das Echte
Ich will reden, als ob es was brächte
Will endlose Tage und zu kurze Nächte
Will sie kondensieren, die Momente
Auf ihre geheime Komponente
Die mich macht zu wie ich bin
Vielleicht erkennt ihr euch wieder oder gar nicht darin

Es ist allein im Dunkeln Auto fahren und Musik hören, und noch
eine Extrarunde drehen, weil der Song noch nicht vorbei ist
Es ist das Drumsolo von *In The Air Tonight*, das du mit deiner
Mutter mittrommelst, jedes Mal
Es ist dein Lieblingsspiel mit deinem Vater im Urlaub spielen

Es ist aus dem Auto ins Bett getragen werden und sich
schlafend stellen
Deine beste Freundin, die vor einer Webcam weint, und
nur still zusehen können
Es sind die Sekunden, in denen man nach einer Vollnarkose
aufwacht

Es ist der Kuss von jemandem, der nicht dein Partner ist
Der Moment, in dem deine Oma einen Schlaganfall hat, nicht mehr
ansprechbar ist, aber sofort deinen Namen weiß
Der Moment, in dem endlich die Schreibblockade gelockert ist

Es ist der Moment, in dem dein langjähriger Partner sagt: »Heute,
als du auf der Bühne warst,
da habe ich eine ganz neue Seite an dir gesehen«

Es sind die Sekunden, bevor man in den See springt,
dieser kurze Moment, in dem man schon stolz auf sich ist,
bevor man den Fuß vom Steg gelöst hat
Es ist der Moment, in dem der Splitter endlich rausgezogen wird

Es ist die Stille, nachdem man sich getraut hat, seine Meinung
zu sagen
Einschlafen, wenn die Sonne aufgeht
Es ist getrockneten Sand von den Füßen streifen, bevor man
in das warme Auto einsteigt

Es ist das erste Mal auf einem Berg stehen
Den Kopf in den Zugfahrtwind halten
Der Tag, an dem deine Katze das erste Mal auf deinem
Schoß einschläft

Es ist der Tag, an dem dein Hund stirbt
Es ist allein im Zimmer deiner Großmutter sitzen und weinen,
weil du weißt, dass sie beginnt, Abschied zu nehmen und
dass du niemals wieder jemanden so sehr lieben wirst
Es ist das erste Mal lachen und alles vergessen nach einer
schrecklichen Trennung

Im Dunkeln mit dem Fahrrad nach Hause fahren, wenn die
Gehwege noch warm sind vom Tag
Es sind deine Eltern, die in der Küche tanzen, weil ihr
Hochzeitslied im Radio läuft
Es ist der traurige Moment, in dem einem Kind bewusst wird,
dass es jetzt nicht mehr spielen kann

Es ist der Tod von jemandem, der deiner Mutter nahestand, und
die Erkenntnis, dass sie keine beste Freundin mehr hat
Herausfinden, das man angelogen wurde
Es ist der Moment, in dem die Geliebte deines Freundes dir
erzählt, dass seine Ehefrau schwanger von ihm ist
Es ist dein Herzschlag, der in der Badewanne Wellen wirft,
wenn du ganz still bist

Es ist dein Opa, der nicht mehr zu seinem Bingo-Abend
gehen kann, weil er nichts mehr hört
Es ist der fünfjährige Nachbarsjunge, der beim Spielen
auf dem Bauernhof gegenüber ums Leben kommt
Und die traurige Tatsache, dass seine Eltern zwanzig Jahre später
immer noch dort gegenüber wohnen

Es ist ein Zuhause, das abbrennt
Es ist der Moment, in dem die Migräne endlich aufhört
Es ist das Gefühl, das erste Mal *gut* in etwas zu sein

Es ist der Knall, wenn ein Kaninchen gegen das fahrende Auto
läuft, und die Schuld, wenn es nicht mehr zu finden ist
Der Moment, in dem deine Mutter dir bei einem Unfall sagt:
»Guck da nicht hin«,ein ausgebrannter Krankenwagen
Und vor Erschöpfung einschlafen, weil man zu lange geweint hat.

Es ist der Moment, in dem ein Freund sagt: »Das habe ich
noch nie jemandem erzählt«
Der Moment, in dem du mit deinen Eltern so sehr lachen musst,
dass es wehtut
Und wenn du das erste Mal mit ihnen wie mit Freunden sprichst

Es ist der erste Moment, in dem eine Zigarette brennt,
in dem sie so gut riecht
Es ist zusehen müssen, wie deine Katze totgebissen wird
Es ist durch die Nacht getragen werden und den Mond
gezeigt bekommen, nach einem Erstickungsanfall

Es ist das erste Mal weinen, nachdem man wie versteinert war
Regen auf Dachfenstern
Es ist der Geruch auf der Haut, wenn man ausnahmsweise
Papas Duschgel benutzt hat
Es ist ein totes Huhn in der Mülltonne, das sich in dein
Gedächtnis einbrennt, ohnmächtig werden und dieser
Moment kurz davor, in dem du loslässt

Es ist die Hand aus dem Fenster halten und sie im Luftstrom
auf und ab gleiten lassen

Diese Bilder trag ich in mir
Wie Hieroglyphen in den Vorhof geschlagen
Dort, wo wenige Sekunden über Jahre hinausragen
Sie bilden zusammen meine Identität
Diese Frau, die hier heute vor euch steht
Ist ein Destillat aus diesen Momenten
Und vielleicht erkennt ihr euch wieder
Oder gar nicht darin
Aber ich will nicht die Fassade
Nicht das Schauspiel, nicht die Charade
Ich will den Dreck, die Liebe, das Echte
Ich will reden, als ob es was brächte
Will endlose Tage und zu kurze Nächte
Will sie kondensieren, die Momente
Auf ihre geheime Komponente
Die mich macht zu wie ich bin

Ich will nicht eure Fassade
Nicht das Schauspiel, nicht die Charade
Kommt, zeigt, woraus ihr gemacht seid
Aus welchem Holz geschnitzt
Welche Sprache euer Inneres spricht
Auf welche Pointe zugespitzt
Wir sind doch alle roh unter dem Staub
Und ich glaub
Damit wir einander nicht Fremde bleiben
Müssen wir uns unsere Narben zeigen
Und den Dreck, und die Liebe und das Echte

WENN ICH EHRLICH BIN

Wenn ich ehrlich bin
bin ich nicht immer ehrlich
Wenn du fragst, wie der Job läuft
und ich sag, dass er top läuft
und nicht sag: beschwerlich
weil der sichere Boden fehlt
weil die Sorge um das Morgen quält
weil so'n Schein sich nicht von allein
aus dem Automaten schält

Damit du nicht nickst
weil du schon lange weißt
dass von Kunst leben
»leider auch von Luft leben« heißt
weil ich noch versuche, einen Weg zu finden
dir zu zeigen, dass es geht
dass vor der hohen Hürde
schon ein großes Trampolin steht

Wenn ich ehrlich bin
bin ich nicht immer ehrlich
Seit die Arme tätowiert sind
trag ich manchmal langärmlig
weil es sich einfach nicht schickt
den Generationenkonflikt beim
Abendes-kalieren zu lassen

Damit du nicht nickst, weil du schon lange weißt
dass Tattoos tragen
»leider auch Knasti« heißt
und ich halt sonst Schilder hoch
auf denen dick

»Just love yourself« steht
nur ist das nicht so einfach
wenn es dabei um einen selbst geht

Wenn ich ehrlich bin
bin ich nicht immer ehrlich
Ich saß beim Betrügen
nicht nur auf der Tribüne
ich habe beide Hauptrollen gespielt
ich weiß, wie sich Verlangen anfühlt
das Wellen höher als Moral anspült
ich kenne die Schuld
die sich nachts mit in die Kissen wühlt

Und ich seh, wie sie nicken
weil sie selbst nicht mehr
miteinander schlafen
denn Treue ist das Einzige, was zählt
aber was, wenn die Leidenschaft fehlt?
Ist es besser zu schlucken, als in Äpfel zu beißen
lieber wegducken, als ’ne Wunde aufreißen
ich weiß nicht –
das wär jedenfalls ehrlich

Wenn wir ehrlich sind
sind wir nicht immer ehrlich
Lügen ist menschlich und Wahrheit gefährlich
sich öffnen ist heikel
aber Fakten sind wichtig
Wir sind verletzlich und eitel
und doch ist es richtig
ein bisschen Selbstbetrug
und den unserer Partner
sind wir gewillt zu ignorieren
die Last scheint noch tragbar

Doch was als Tropfen passiert
setzt als Strudel sich fort
wir schauen weg bei den Notlügen
denn sie bieten Komfort
doch der Mantel des Schweigens
ist drei Nummern zu groß
Also wachsen wir rein,
denn im Hals sitzt ein Kloß

Und wenn der Chef meint
Frauen seien einfach schwächer
das sei Biologie
dann widersprechen wir ihm nicht
denn »seine Meinung ändert er ja eh nie«
und wenn er weiter behauptet
das mit dem Gehalt sei gerecht
200 Euro mehr für das stärkere Geschlecht
dann nehmen wir es hin
weil es immer schon so war
Jobs fallen hier nicht vom Himmel
das ist uns allen klar

Und wenn Opa plötzlich die Ohren spitzt
weil Frauke Petry in der Talkshow sitzt
und meint, sie habe nicht ganz unrecht
mit den Grenzen und dem Schießbefehl
dann schieben wir es auf die Kindheit
die war schlecht, und er hatte ja nicht viel
der meint das ja nicht böse, wenn er sagt
»Ausländer raus«
so war das einfach früher
so sieht doch gar kein Nazi aus

und wenn wir dann in Antalya
am Strand liegen
400 Euro all inclusive – mit Flügen
dann lässt sich leicht vergessen

dass hier Ehrlichkeit unter Umständen zu Haft führt
denn wenn man einfach seine Klappe hält
ist das nichts, was einen berührt
Baden kann man ohne Meinung
und der Cocktail schmeckt gleich fruchtig
ganz egal ob der Despot
nun frei gewählt ist oder nicht

Lasst uns nicht die sein
die wortlos zusehen
denn was als Tropfen passiert
setzt als Strudel sich fort
wehret den Anfängen
sagt das Wort

selbst wenn es Männer sind, die wir kennen
wir müssen einen Sexisten auch einen Sexisten nennen

und wenn es manchmal schwer ist, eins vom anderen zu trennen
wir müssen Rassisten auch Rassisten nennen

und wenn in Demokratien Grundrechte und Werte brennen
dann müssen wir einen Tyrannen auch Tyrannen nennen

Wenn ich ehrlich bin, bin ich nicht immer ehrlich
aber ich bemühe mich

GEDICHTE I. – VII.

I.

nachts im taxi
die seifenränder der enttäuschung entlangfahren
saturn wegen der ringe mögen
die krater wegen des monds
ich mach hier so lang lyrik
wie ich will

II.

kratz mich aus den fugen
weich mich ein und spül mich ab
knot mich zu
lehn mich an die haustür
bring mich kurz runter
lüfte mich
feg mich die laminatkante hinab

ab halb vier singen die vögel wieder
die haben erwartungen

III.

nein, ich hasse den mond nicht
nur die abwesenheit eines gegenteils

rühr mich in heißes wasser
und lös mich aus deiner umarmung

morgens ist die unwahrscheinlichste zeit
zehn jahre vorbei
du hast mir beigebracht
dass marmor kalt ist, wenn man ihn berührt

IV.

zu hause wartet nur
alle acht minuten
das brummen des kühlschranks
fünfzehn topfpflanzen
sind beleidigt
weil hier
zwölf tage lang (!)
niemand das licht an-und ausmachte
um zu gucken
ob sie selbst noch da ist

V.

petersilie gehackt
karten gemischt
pfand abgegeben
dusche repariert
träne geweint
zähne geputzt
anruf beantwortet
nichts, du?

VI.

auf hotelbalkonen staunend
in die nacht hinaus geraucht
doch es schmeckt nicht
weil es dreck ist
hör den fluss
sieh, wie er rauscht

VII.

rolltreppen und schnürsenkel
an hosen und hälsen
flecken von küssen und gras
keine träume teurer als das
wütend auf flughafenwasser
isolation nervt so übelst

NACHGETRAGEN ZU DEN TEXTEN

Supermarkt
Ich wünschte, ich hätte mir wenigstens ein paar dieser Dinge ausgedacht, aber sie sind wirklich alle genau so passiert.

Das höchste Fest
Hier eine Liste der Dinge, die ich über die Jahre beim Gänseverspielen gewonnen habe: ein Buchsbaum; ein Autopflegeset; ein Frühstücks-, ein Grünkohl- und ein Lachspaket; ein Jutebeutel von der örtlichen Sparkasse; zwei Weißkohl; ein Bit-Set; ein Handtuch.
Nicht dabei: eine Gans.

Aufräumen mit Marie Kondo
Ich hoffe so sehr, dass niemand auf die Idee kommt, die ganzen Gutscheine für »einmal aufräumen« oder »einmal abwaschen ohne Meckern« einzulösen, die ich als Kind zu verschiedenen Anlässen verschenkt habe.

De Wiehnachtsgeschicht
Ein einziges Mal musste ich zu Hause an Weihnachten etwas auf der Blockflöte vorspielen. Ein einziges Mal.

Erdaufgang
Falls jemand Kontakte hat, wie ich in den Weltraum komme, ohne besonders qualifiziert dafür zu sein, gern bei mir melden.

Beim Frauenarzt
Nach einem Auftritt kam mal ein Mann zu mir und meinte, er fände es nicht so gut, wenn Frauen über so was reden würden. Danach drehte er sich zu meinem Kollegen, der einen Text über seine Hoden gelesen hatte, und meinte, er fand ihn klasse, total witzig und super originell.

Gewitter
Hey Papa, großes Sorry, dass ich dieses Jahr den Vatertag vergessen hab!

Zuhause
Kurz nachdem ich ausgezogen bin, wurde in meinem Elternhaus dann übrigens doch eine Fußbodenheizung installiert.

Hätte ich ein Dickpic gewollt, hätte ich dir einen frankierten Rückumschlag geschickt
Wenn ich diesen Text live lese, erzähle ich den Menschen im Publikum immer, dass es sein kann, dass der Text ihnen an einigen Stellen unangenehm sein wird, dass sie aber immer dran denken sollen, dass ich den mal auf einem Stadtfest vor meinen Eltern vorlesen musste.

Briefe an alle
Ich hätte so gern einen Brotaufstrich mit dem Geschmack, der auf der Rückseite von Briefmarken ist. Ich kann damit doch nicht die Einzige sein.

St. Peter-Ording
Ich wurde mal hinter der Bühne in Dresden von einer Poetin aus Jena angesprochen, ob ich den Text zu St. Peter-Ording geschrieben habe, weil sie das dazugehörige Video kannte. Wir leben in einer globalisierten Welt.

Süderhackstedt
London. Paris. New York. Süderhackstedt.

Scheiterhaufen
Das mit dem Bronzeabzeichen ist übrigens wahr, ich hab auch schon beim Seepferdchen gemogelt. Ich heiße zwar wirklich Seemann mit Nachnamen, aber Nomen war in meinem Fall nicht wirklich Omen. Inzwischen kann ich mich aber ganz okay über Wasser halten, lieb, dass ihr fragt!

Oma rettet das Klima
Hier hätte ich gern den Lieblingswitz meiner Oma hingeschrieben, aber der ist wirklich nicht jugendfrei.

Where is the Love?
Sachdienliche Hinweise werden werktags nach dem Ausschlafen gern persönlich entgegengenommen.

Der Dreck, die Liebe, das Echte
Die Idee zu diesem Text hatte ich, als ich einmal spät nachts nach Hause kam und »Junge Roemer« von Falco im Radio anfing, gerade, als ich auf

die Auffahrt fahren wollte. Geschrieben habe ich ihn dann auf einer achtstündigen Busfahrt nach Berlin im Stau.

Wenn ich ehrlich bin
Diesen Text habe ich 2016 geschrieben, in der Hoffnung, dass er in wenigen Monaten seine Relevanz verlieren würde, aber ich lese ihn bis heute auf Bühnen, und er ist immer noch aktuell.

Gedichte I.-VII.
Das absolut Beste daran, ein Buch zu machen, ist, dass einen niemand aufhält, wenn man Lust auf ein bisschen Lyrik hat!

SELINA SEEMANN

Foto: Philipp Zimmer

hat zweifellos den besten Nachnamen, den man haben kann, doch das ist bei Weitem nicht alles, was sich über sie sagen lässt. Nein, Selina ist auch sehr gut darin, Ikea-Möbel aufzubauen, und niemand hat mehr Talent darin, Falco-Fan zu sein, als sie. Tatsächlich hat sie sich sogar einmal auf dem Wiener Zentralfriedhof einschließlich lassen, um ihrem Idol nahe zu sein. Abgesehen von Ikea-Möbeln und Falco besteht ihr Leben aus Worten. Worte, die sie auf Buchseiten findet, und Worte, die sie selbst auf Papier bringt, damit andere Menschen sich darin finden können. Trotz ihres abgeschlossenen Studiums steht sie seit 2017 auf Poetry-Slam-Bühnen und beflügelt ihre Zuhörer. Auch als Moderatorin und natürlich als Stammmitglied der Lesebühne »Irgendwas mit Möwen« kann man sie im Norden erleben. Das lohnt sich immer, denn Selina ist nicht nur ein toller Mensch, ihre Texte haben auch die Flügelspannweite einer wirklich großen Möwe.

Mona Harry

DANKE

Danke, Mona, für deine Zeichnungen, deine Freundschaft und dafür, dass du bei allem, was du tust, immer Platz an deiner Seite schaffst.

Danke an den KJM Buchverlag und alle Mitarbeitenden für eure Arbeit, Mühe und dafür, dass ihr dieses Buch mit mir gemacht habt.

Danke, Björn Högsdal, für dein Vertrauen, deine immerwährende Unterstützung und dafür, dass du mich vor ein paar Jahren gefragt hast, ob ich nicht mal wieder etwas schreiben will.

*Danke an meine Familie, an Mama und Papa, die ich mehr liebe als alles andere auf der Welt (bis zum Mond und zurück), an Oma für den Titel, an Franzi, Diana & Daniel dafür, dass sie meine besten Freund*innen sind.*

*Danke an Fabs, Nils, Jann und Minka und meine Lesebühnen-Kolleg*innen Victoria, Florian, Björn (x 2), Mona, Helge, Michel und Stefan für eure offenen Ohren, Ratschläge und Sprachnachrichten.*

Slampoetry, Kabarett, Kurzgeschichten-
Mit Illustrationen von Mona Harry
128 Seiten, Hardcover
ISBN 978-3-96194-0082-0
15,00 € (D)

Mit Illustrationen der Autorin
152 Seiten, Hardcover
ISBN 978-3-96194-094-3
16,00 € (D)

Mit Illustrationen der Autorin
128 Seiten, Hardcover
ISBN 978-3-96194-065-3
15,00 €A (D)

Mit Illustrationen der Autorin
32 Seiten, Hardcover
ISBN 978-3-96194-127-8
15,00 €A (D)

Mit Illustrationen von Sina Arlt
ca. 128 Seiten, Softcover
ISBN 978-3-96194-123-0
16,00 € (D)

Mit Illustrationen von Mona Harry
128 Seiten, Hardcover
ISBN 978-3-96194-099-8
14,00 € (D)